私房藥

◉吳妮民／著

聯合文叢 534

目次

輯二　醫室流光

輯三　靜靜的生活

【推薦序】

給希波克拉底的情書

甘耀明

幾年來，陸續從報章讀到妮民的文章，這也是我最常認識她的管道。她的散文無論行文或取材，具有可識別的個人特色，讀了第一段便呈現她的「文學浮水印」。這說明了她的努力有成果了。

當然也有小誤會，純屬我個人所為。那是二〇一一年十月初的事，我在德國柏林駐村文學交流，多虧網路無遠弗屆，隔空閱讀妮民獲得中國時報文學獎散文首獎的〈週間旅行〉。乍看標題誤以為是時下熱門的旅行散文，如何把自己空降到大街小弄或山林玩起景點式的迷藏。事實上，我錯了，這篇是比旅行還複雜的居家照顧之行，引領我穿透無數病老與外傭的幽微世界，這趟旅行饒富意義。

也就是在柏林那幾天，我穿梭街道，在某個傍晚從腓特烈街車站搭地鐵回郊外宿舍。車站外微雨，車站內舉行照片展，陳列題材從雪地燕鷗瑟縮、街道抗議到戰地照片皆有，不少人駐足觀看。面對社會寫實與戰地煙硝，總有不忍，大千世界的傷殘與病痛如斯，誰也無法冷眼冷心。倏忽間，有種似曾相識的感覺，稍後在搖晃的火車車廂中，我終於想起那貼合的畫面竟來自〈週間旅行〉黑白色系社會觀察。

生命最大的傳奇與故事，在現今社會可能剩下對病疾的奮鬥。對於現代醫學成就集大成的醫院來說，是病人與醫生的搏鬥戰場，因此《私房藥》可謂「醫生記者」的攝影集。這些社會觀察的培養，比起常態的大學教育更複雜，醫生的養成教育，光是大三的「震撼教育」解剖課，是醫學系學生的記憶DNA，妮民〈十九號電梯〉與〈失格夢魘〉那種花整學期在無言的大體老師找出無盡的故事，絕不是英國諷刺畫家威廉·荷加斯「酷刑的獎賞」那解剖學所展示的開膛剖肚、焚煮骨骼、狗兒叼心臟的畫面，而是解開與縫合不同的生命故事。接下來的沙場實戰，更不容有誤，〈青春旗〉的女醫生面對男病患私處的從容，〈閉幕式〉的死亡哲學，還有〈酒鬼紀事〉那位老是出入醫院的酒精中毒者的荒謬人生，更不用說居家照顧、海外醫療、腫瘤科病房等。妮民歷經的一切，對我輩如小說家駱以軍所言的「經驗匱乏者、失落說故事者」來說，無疑是天上掉下來的戰鬥值，無限灌血的故事加油站。所以，我面對《私房藥》醫療前線的煙硝味，未達嚮慕，但總有一種被戰地記者的照片所撞擊、吸引，並驚豔妮民的醫學人文之底蘊與文學內涵。

當今的醫學發達，但是並非萬能，SARS肆虐、癌症惡化、愛滋病等有待解開。此外，醫生得面對病人千奇百怪的情緒與層出不窮的醫療糾紛，白袍不是萬能的擋箭牌，但藉由臨床醫學敘事的累積與傳遞，可以淨化醫護人員的情感。因此，市面上，醫訓養成、醫療職場書系有不少，這仍可歸納為散文，因為散文範疇本來就很大。這本書裡，妮民走的是比較抒情的傳統，將臨床醫學故事，以文學性筆法轉化，釋放情感。就散文的美學來看，《私房藥》「輯一」面對對異己的病痛，產生自我與他人的視角落差，得不斷調動情感平衡，於是乎有了靈性覺醒與光芒呢！也因為如此，看到較多異於目前旅行散文、飲食文章與家族書寫所呈現的社會觀察與關懷。

醫生作家，向來在寫作上有成績，從田雅各、王溢嘉、侯文詠、王湘琦、莊裕安、陳克華，到近年來的陳豐偉、鯨向海、黃信恩等皆是，但有陽盛陰衰的態勢。女醫生作家這幾年來陸續冒出頭，除了鄧惠文、林育靖，吳妮民更是值得期待的後起之秀，她在貼近觀察與游刃有餘的情感轉換，常有令人讚嘆的火光。女性書寫在臺灣文壇有其傳承，從醫療書寫切入的甚少，因為如此，妮民的後續發展令人期待與鼓勵。

西方醫學的發軔，一般歸於古希臘人希波克拉底（Hippocrates）的努力，使得醫學從巫術分離，自成一格。關於治療與致病，不再是女巫的工作，認為是氣候、水質、土壤等環境因素對人類健康造成的。但是，關於寫作之類藝術創作，驅動心靈微量核子撞擊的光芒，始終像某種魅人巫術，像魯迅〈藥〉裡頭的華老栓買血饅頭治療兒子疾病難以理解，卻情感動人。《私房藥》從職場的社會切片，進而轉折到工作場域的個人點滴，最後發抒生活的點滴，妮民的書寫收放自如，始終魅人如巫法，可以是一場醫事拉扯，也可以穿耳洞的髮下風雲。我讀來，某種時刻突然驚呼，彷彿窺看現代女性的生活記錄。我甚至懷想，要是西方醫學的老祖宗希波克拉底能讀到這本書，有何感覺？沒錯，是情書。《私房藥》行文如斯外觀，又情感內斂，可以很職場風波，也可以很生活到底，希波克拉底一開始讀就上手了，肯定整日放不下情書，因為我也是。

【推薦序】
嫦娥不悔偷靈藥

張萬康

今日黃昏時分，為何我突然特想吃荷包蛋？此一沒來由的欲望，是因太久沒吃或其他不可測的原因？藝術創作的發起原因，可能簡單，可能複雜，可能無解，可能多餘。那麼，身為醫師的吳妮民為何非寫作不可？這本書讀來可以識見到一點，那就是吳妮民從醫與否，都會是個作家。而作家該寫什麼、怎麼寫？一如每個小提琴家均欲攻略柴可夫斯基和孟德爾頌的小提琴協奏曲、每個詩人都會寫到貓詩與情詩（是很噁心沒錯）。常聽人說寫作與生活脫離不了干係、寫作應從生活熟悉處著手，吳妮民取材醫者或醫者背景以外的自身經驗沛發成一散文結集，其箇中迷人處在於時而有高知識分子的認真，時而有女學生的輕快。在文學專業技術上，吳妮民紮實練就，下足了工夫，在在讓《私房藥》各篇訴情凝思，收滿放空，只道是寫作的空幻路上小嫦娥妮民不悔偷靈藥，讀來是碧海青天夜夜心。本書問世後有可能讓許多病患指名掛她的號，或使她成為醫療記者有事就採訪一下問個意見的對象；請別忘了送她一朵小花或一盤水餃，女學生是容易感動底。在此俺追加祝福她的下一本書，合著預約掛號這是。

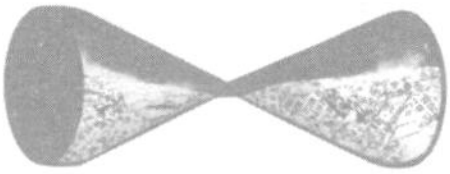

輯一・非關浪漫

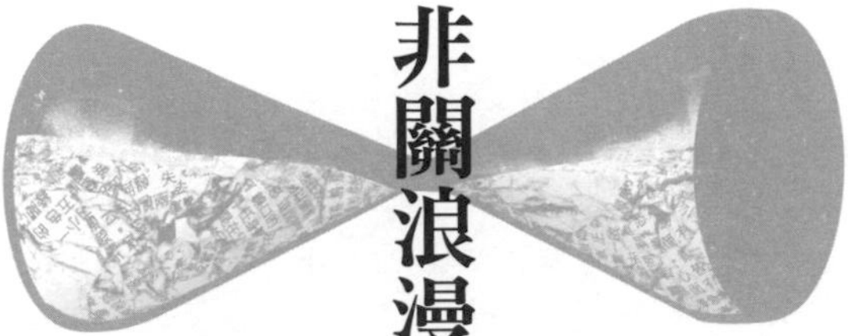

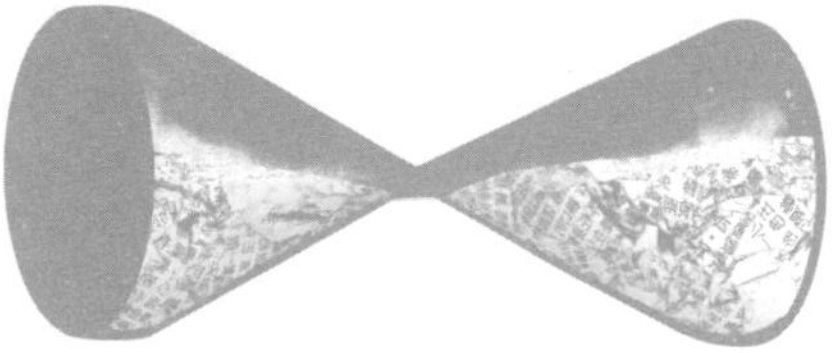

私房藥

右傾世界的左派分子

事情這樣開始。

朋友與我討論著某醫院的分科，因編制過大，不得不切割，「得分成心臟一科，心臟二科。」想了想，友人說，一與二的稱謂，會不會隱隱有判定高下的嫌疑？所以他說，「不如分左或右吧。」再想想，還是不對，「左和右也有高下之別。」結論，「還是叫紅隊和白隊，比較公平。」

喂，現在換我不平。不用他說，我知道他指的是右尊左卑。但，憑什麼是右尊，左卑？

記得那日陽光溫潤，我仍在念國二。早晨教室裡，站在講臺邊的數學老師乍見我以左手演練，像發現了什麼新奇物事，「你用左手吃飯還是右手吃飯？」他興奮問道。我說，「我用嘴巴吃飯。」語音落定，課堂上哄笑不止，我的臉色在那滿室譁然中想必悻悻不快。男老師一臉尷尬，只得打了個圓場，「反應這麼快，應該很多人問過吧？」

那時我還年輕，不懂得把鋒銳的部分藏起，只覺應付眾多右撇子的好奇心令人疲憊。大部分的右利者喜歡如此追問：

「你用左手寫字？」

「你會用右手嗎？」

「聽說左撇子比較——？（聰明／短命／有藝術氣息）」

「你用哪隻手——？（吃飯／刷牙／上廁所）」

他們喋喋不休，絲毫不覺這些問句令人困窘。甚至在我已刻意抽離這話題後仍兀自談個不停，彷彿研究新的物種，美食，或科技產品，那般地耐人尋味、意猶未盡。

他們可能真心稱讚，但忽略了，某些讚美其實包夾右傾勢力對世上左撇子的歧視與貶意。例如，「原來左撇子寫字也可以這麼漂亮。」仔細瞧它的背後，這句話的邏輯基植於，右撇者擁一手好字天經地義，反之用左手寫字不可能寫得好，所以漂亮的字才值得吃驚。但憑什麼，憑什麼要認為，左撇子的筆跡理應被歸為鬼畫符一類？我可是從小用左手拿筆寫字啊。

起初，與「左」有關的語義皆為「惡」。「右」是「對的」（right）、「正直的」（righteous），「左」（sinistral）是「邪惡的」（sinister），「不祥的」（sinistrous），是野獸印記，魔鬼化身，理應被當巫覡追捕，架於木柴上焚燒示眾。世界如此之大，然對於「左」的偏頗，古今中外倒都同聲一氣。早先外公還在時，每回返新營鄉下，總要在飯桌上叨唸我，他極看不慣我用左手拿筷進食，喃喃說我是怪胎異象，是鬼來投生。但因他也生養了個左撇兒，我的舅舅，遂放棄矯正家族中如暗流再現的左手基因。左撇子這事確有家族遺傳性。神經學老師如是說，一名左手慣用者，總可在他的族中找到另一個左撇子，如果沒有，那麼唯一的左撇子可能表示他身上帶有另外的隱疾。

「左派」一詞源始自法國大革命，左旋及左側傾向則早在生命伊始便出現於自然界。我已忘記我的左手偏好何時在人生中顯現，一開記憶天眼，就見左手進，左手出。求證母親，她說，老早注意到了，你啊，餵奶時用左手拿奶瓶，還不會寫字，就用左手拿畫筆亂塗。反正，什麼都是左邊啦。我再問，沒想到要「改正」過來嗎？她一副得意模樣：「時代那麼開明了，幹嘛要改？」彷彿她走在時代尖端，是時髦人，新女性。

我真感激我有這樣「思想開通」的母親。因此每聽聞同輩中有人幼時仍因左利而挨打罵、遭強行改正，都覺不可思議。印象中，母親從未因我用左手而體罰我，唯一那次受罰，是她教我寫字，僅是個「一」，簡簡單單的橫畫，我總不照筆畫從左往右寫，卻是鏡像般地由右往左，怎樣都教不會。最後母親氣極，撇下我一人在熄去了燈的無光客廳，自己進房去。後來的兩三個小時，我都獨坐在闃黯幽深的空間裡，委屈大哭。那是無可磨滅的三歲記憶。

之後一路成長，被塞在右傾體系中的人如我，很小的時候便可感受到這世界對左派分子的非善意。七八歲入小學之際，正逢世面上推出訓練姿勢的橡膠握筆器，班上同學的鉛筆盒裡都有，幼小的我遂也趕潮流地，希望母親買一個給我。但徘徊逗留於一家家文具行前，我很快就發現，所有色彩斑斕的握筆器都只適用於右手。原來原來，遠在矯正書寫姿態前，立場錯誤的用手傾向更早就被排除在外了吶。

那時母親每週四下午帶我去仁愛路圓環附近的鋼琴老師家學琴。在那光線中浮游著細小塵埃、擺放了一架平臺鋼琴的偌大客廳裡，優雅的老師總抱怨：「你的左手彈得太大聲了！」右手掌握的高音主旋律，被我更有主見的左手低音壓過，好好一首精緻的曲律遂變得極其狂暴。於是，歷經無數次指正，左手得開始習慣配角地位，隱匿強烈個性，學習襯托對方與謙卑。唯一好處，是練習左手按絃的樂器，諸如吉他或提琴，換把位時快速精準，也算扳回一城。

稍長，除去國小至中學老師們對左手人的評論，我在群體中，不斷學習歸納自己的位置。若同學兩人併桌坐，我必被排至左側以免干擾別人的右手；如果眾人坐一長排，我當是最左端的一人；若成圓桌，我便是害群之馬。出入地鐵捷運，票閘必在右側；簽帳付款，店員常把筆逕直遞向我右手。所幸，班上總能找到幾個我輩中人，高中與大學，班上皆有兩三人是未改正的左撇子，冰山下，或許忘卻身世、不可考者更多。人海中，我們零星散佈，每回初遇，皆以微笑或眼神會意。你是嗎？我也是。彷佛祕密結黨，強而有力的左手才是隱微發光的徽章。

去年秋天，一名上海瑞金醫院來的醫學生至科部見習，他瞥見我用左手寫字，嘖嘖稱奇，「在大陸，很多牙醫系不收左撇子的！」原因？「因為器械不是設計給左撇子用的。」

的確，雖臺灣醫學院無此硬性規定，醫院裡的一切卻都為右利者設計。當實習醫師上刀時，握柄像剪刀、前端像鉗子的持針器，左手用來怎樣都不順。持針器一收一放間，常人只要以大拇指輕輕踢開末尾圈柄，剪刀腳就應聲而開；我卻得以虎口施力，拇指食指互相夾擠才行。手術結束闔肚皮，學長要我與他合力收拾，我卻無法與學長一人站一側對縫——若如此，我可能不小心即針戳學長，接下來得通報針扎流程。替病人肚腹掃超音波時，大型超音波機臺探頭設機器左邊，為的是讓面對螢幕的醫師用右手掃超音波，左手按鈕操控。就連看來似乎是以左手拿取的鼻窺器，實則也為右手專利品——左手拿鼻窺器撐開病人鼻孔，空下來的右手才有辦法執筆燈探查病人鼻腔。

有時，右派醫師本身亦先入為主。在洗腎病房輪訓，每個未來將開刀建立洗腎廔管的患者，為避免廔管埋在利手影響生活及廔管通暢，往往留下非利手做為洗腎出入口。由是，對右撇患者來說，為保障左手預開的廔管完整，醫囑常千篇一律寫下：「左手禁治療」。但我時而看得心驚，不知交代醫囑的醫師們是否親口確認了患者的用手傾向？他們會不會遇上佔人口近一成的左手人？我暗想，若我哪天走到了非洗腎不可的境地，一定得好好表明身分，以右手慷慨就義才行啊。

回到我的診間。一位少婦坐在診療椅上，提及剛開始學寫的稚子，一臉憂心，「我不知道要不要把他改成右手？」我更訝異，在這倡導人權，所有不公或歧視應正被漸漸消弭的二十一世紀，竟還有人為此困擾不已。不敢明說，但我心想，為何不能尊重孩子，成全每個獨立個體，讓用手傾向自由，一如對待被霸凌多時的性取向？

那些不過是純粹熱烈的感情，這只是一隻用來做事的手。我們不妖異。和世上還在性向認同中掙扎的人們相比，左傾之輩仍稍幸運，已不再遭受另一族群被汙名對待的種種苦楚。伏匿在正反世界與龐雜人流中，我將繼續驕傲地保留我的左手，以它讚美、以它起誓；以它承接，以它緊握；以它知覺撫觸，以它書寫美好。還要為更偏近心臟一點、潛流著愛的動脈的它，獻上空氣日光，戒指與花朵。

十九號電梯

鐵灰色鋼門無聲滑上後，盛載著我們的箱子便向下垂墜。大家束手站立仰視黑暗中發光的樓層表，沒有人說話。就在幾天之前，同樣的一部巨大電梯才剛剛負載過九具大體由地下室上來，而如今在這垂直甬道用不同方向逆行著的我們，陪伴著捐贈者的家屬一起到骨灰室去，那屬於醫院錯綜複雜不為人知的密道的一部分，讓他們預見未來這些大體的歸身之處。

做為醫學生涯中第一門基礎課程的主角，我們敬稱這些遺體捐贈者為大體老師，而這齣嚴肅的劇碼當稱之為大體解剖。這門科目對我們而言是過了暑假升上三年級後的一記當頭棒喝，亦是許多人恐懼的來源。念三類組的人對於解剖早是見怪不怪，一路從高中上來不知「手刃」過多少隻青蛙、老鼠和白帶魚，其中多數還是活體解剖。但是再怎麼樣我們也無法想像，有一天我們將像已經歷過這一切彷彿是個沙場老兵的學長們口中描述的那樣，穿起實驗衣，手拿解剖刀和鑷子甚或釘錘和電鋸，對著一具曾經的血肉之軀大動干戈、東切西鑿。

猶記得前兩年剛進醫學院之際，教室被安排在解剖室的隔壁。除了不時飄散過來的消毒水味，我們還要時時提防別一個不小心從門口瞥見在解剖檯上的蓋著白布的遺體，彼時我們實在是畏多於敬，不想兩年後時移物換，上課的地點變成了隔壁的解剖室，學生們在那裡面洗刷著銀灰色的解剖檯和地板，束手無策地等待著下一刻鐘被運進這教室的大體老師。

其時的恐懼還有別的理由可以解釋，其一是流傳在我們之間的怪力亂神的傳說。我學長中八字輕的一個，據說在他上大體課前一晚接到一通電話，指名找某某某，他回說沒這個人便掛了，直到第二天來到學校才赫然發現：唉呀昨晚電話中被提及的某某某不就是他那一組的大體老師嗎！又還有別校的醫學系學生兩人，據說解剖時在一旁嬉鬧，當晚兩個人便不約而同地夢見他們的大體老師（一個慈眉善目的老者）向自己走來，諄諄教誨他倆道，我捐出自己的身體就是要讓你們好好學習啊，怎可以不做實驗在旁邊玩呢。嚇得這兩名學生從第二天起解剖課時認真做實驗，再不敢心有旁騖。

更大的癥結其實在於我們幾乎沒有人看過遺體。屍體到底是怎麼樣的，根本無從想像起，遑論經過福馬林處理過的大體。我們且想像著他們是不是該四肢僵硬、是不是該面目猙獰或於某些闇黑時刻對我們不友善——

然後各組就有幾個英勇的同學被叫下去了（我們下去洗屍體啊。後來有一個同學向我轉述道。那些老師們被我們從冰庫裡扛出來，冰水和冰塊從袋子裡嘩啦一聲流滿地。老師們臉上的孔洞都流出了血，我們就是用水把這些血跡洗掉。那些血是由於灌入福馬林血管壓力太大爆開的緣故）。不多久，終於第一具盛載著大體老師的解剖檯被推進教室，接著第二、三乃至於第九具魚貫進入。

老師們來自四方，身分各異。有年紀輕輕便因病過世的體育老師，一位曾是學校裡的文學院院長，還有一組是不知姓名的流浪漢。相同的是，他們皆赤身裸體地仰天躺著，曝露出頭、胸、腹乃至於一個人褪色斑駁的最私密處，男女皆然。乍看之下似是極無尊嚴的情景，再細看彷彿又覺得他們正用這種姿態做一種理直氣壯的宣示和呼喊。我走近他們，這是我第一次仔細觀察（或說看見）一具遺體。他們通身蠟白色，一點透明度都沒有的毫無生氣的白，眼唇紛紛緊閉著，臉和身軀因為福馬林而略微浮腫，但表情並不扭曲，甚或非常安詳。解剖課老師於是迅即走來，示範如何照顧大體。我們且盡力克服心中孳長蔓延的那股震驚後的餘波，安靜而迅速地動作著，戴著橡膠手套的手扶起大體的四肢和頭（那是非常奇異的觸感，冰涼沉重僵硬且具體），以白紗纏繞，澆上防腐藥水，料理完畢便將他們沉降進那棺槨一般的解剖檯沉睡。

第一次上刀日在幾天之後。那是任任何人都無法適應的第一堂課。在教授完胸部的肌肉層後，我們被告知今天的進度是把胸部的皮膚剝開，並刮去脂肪露出底下的肌肉。進入實驗室後，各組老師被從棺槨中升起（「這是老師肉身完整的最後一刻了，」我心裡想），執刀同學手握一柄未用過的簇新解剖刀，戰戰兢兢地再三確認刀法及部位，心一橫，下刀。刀片劃過的痕跡在我們的眼裡構成一種奇詭的視覺經驗——像刀輕劃過年糕等物事，只留一道隱隱的切口，人的皮膚竟是如許堅韌有彈性啊。接下來便是沿著切口將皮層拉開，剎那間人體脂肪的味道撲鼻而來（那氣味你一輩子都會記得），我記得便是在這個時候我冒出了冷汗，看著他們一手扣住一道劃開的口子將人皮往後撕拉，另一手用刀背刮搔著皮肉相連處，我說，我想吐。下一秒我就走到長廊上，拚命吸著新鮮的空氣，一邊擔心著：怎麼辦呢？往後幾乎每天都有的解剖課。奇怪的是，從第二堂課起，所有人的不適應全不藥而癒（你想著，這是不是一種強迫自己去習慣的現象？但無論如何，你知道你可以大方呼吸著混了石碳酸加福馬林氣味的脂肪味，對於以後的解剖課總是好事）。

我們就在接踵而至的日子裡，漸漸熟習起使用解剖刀具的技巧，亦學會如何去熟習那些軀體的每一處，並慢慢使自己原先對一具人體的敬畏，轉化成單純面對一樣實驗器材那般的情緒。

隨著每一日大體課本被層層頁頁地翻去，老師層層密密的身體也就被亦步亦趨揭開。某一日裡你赫然發現：大體老師所昭示的，似乎比課本上預期你該學習的更多——

每一具身體都展演著他的歷史。

譬如我的老師並非死於心血管疾病，我們卻在摘下心臟時，從主動脈裡夾出兩截軟木塞般的黃色脂肪栓塞（竟可以有一隻食指粗！），然後在剖開小腿肚時，親見了一個嵌在肌肉裡無礙的纖維囊腫；又譬如說某一組竟在依照指示打開膝關節時突梯地發現那隻腳裡藏的是一個人工關節，另一組在要剖眼球時發現眼窩裡的眼球不翼而飛，只有還填在裡面的一團紗布（多像黑色喜劇的橋段）；還有一組在剖開大體老師（那位遊民）的肚腹時，意外發現他的腹部器官全血肉模糊，疑似得了癌症般潰爛沾黏在一起，已死去一年以上的屍體在清除腹腔血塊時竟還有汩汩「鮮血」湧出；更不要提唯一的女性大體老師骨盆腔裡讓大家引頸期盼的子宮早在生前就已動手術切除，還有我們老師該有但卻無緣無故消失的膽囊（也切除了？）——

我們就在這些線索、老師生前知情或不知情的身體特徵上拼湊、還原、臆測他們的生命圖像。

我的老師遺體乃交由鄰居捐贈而來，跟著老師一起來的有三張照片，其中兩張是他的老年時期（之一且是他回到大陸老家和親友把酒言歡的鏡頭），並一張他約莫二十出頭的正面證件照，是這張照片吸引了我們的注意：照片裡的年輕人著黑色中山裝，理著極短的頭髮，面目俊秀英挺略微倨傲地微笑。當年的青年在安徽長大，在那（想像中）明山秀水的地方完成了他的童年與青春期。約莫是拍下這張兩吋大頭照時，時局大變，他於是從家鄉一路流離到上海，再從上海逃至臺灣（許多老兵一代共同的逃難路線？），從此在這南方小島扎根落戶，度過後來的半個多世紀。根據鄰居的資料提供，我們的老師來臺後任公職，一路升到某重要警局副局長，然而他始終保持著他的沉默（向乖離的命運抗議？），終身未娶亦無子嗣，只還在開放後回幾十年不見的家鄉去看看，因而留給我們另一張照片。而這具累積了多少歲月和經歷多少遷徙的八十幾歲的軀體（我想像那樣的經歷裡，如此廣大的一張地圖他是以什麼方法跋涉橫渡？又有多少流彈和風雨從他年輕健壯的體側削過呢），此刻便躺在我們的探照燈下。那一個學期近乎終了的寒冬夜晚，我和同學正好輪到把頭蓋骨鋸開的階段，當我看見那灰色充滿皺褶的沉甸甸大腦並摘下把它捧在手裡時，我不禁要想：那些龐大繁雜的一生回憶（包括家鄉安徽的風光、革命青年的理想、出走時的悲慟、流亡的苦難、終老的寂寞，甚或可能有早年在大陸上一場刻骨銘心沒有結果的年輕愛戀？），都該轉化成蛋白質，隨著時間和防腐劑沉積凝固在這個腦子裡吧——

每一具身體都展演著他的歷史或更多。

學期中共有四次，平時任我們翻弄宰割的老師們此刻搖身一變成為主考官，以身軀上每一吋器官特徵對我們大行分數殺戮之實，如此殘忍的考試醫學院中美其名曰「跑檯」：解剖課老師從九具大體的身上以及零星的乾屍（多半是屍塊，俱為解剖室的鎮室之寶，流傳年代已久遠不可考）找出七十處一如地圖標示般插旗綁號碼牌，而學生便得在一題四十秒的限制中，藉由拉扯綁線、眼力觀察、動手按壓搓捏，如同路痴辨路般迅速地在腦海的搜尋引擎中找出這標的物的拉丁名稱，並趕在下一次鈴響前把它填進正確的空格裡……。這無疑是相當刺激的一種磨練，它除了考驗我們平時是否真正上檯執刀外，更挑戰著我們即席猜題的能力——畢竟那些我們熬夜趕出來並俱已展示給全班看過的肌理及組織，極有可能在考試前被陰狠耍詐的老師們（一場精采的諜對諜）大刀闊斧地一併棄捨，露出底下大家均未見識過的新鮮韌帶。每當全副武裝面容整肅地進入實驗室跑考的時刻，我總有辦法在跑向下一題的短短間距中分出心神去想，若是一個外人此時身處此地，他看到的情景會是——只有抽風機嗡嗡轉著的安靜的實驗室裡，七十個人順著一定路線緊張而又亢奮焦慮地前進著，面對那些肉體題目不知所措或振筆疾書，你只能聽到急促的呼吸聲和球鞋磨地的剎車聲，戴著手套卻沾滿人油的手翻著聞起來很像帶血牛肉乾的物事而另一手忙著寫下答案——那樣地怪異與無法理解嗎？但這偌大的房間裡只有我們。這時候每具檯上的軀體都是無比嚴厲的審視者，在那樣的目光底下我們為不夠認真而感到羞愧地低下頭來，且在長達四十幾分鐘的高度戒備狀態後人人均像長跑者般虛脫疲憊地交出考卷。像是被一股不得不接受的強大力量推行著，我們在那段時間裡似是馬不停蹄地在預定的路線上走著自己的路——

沿著預定的解剖路線，三個月中和時間賽跑的我們依序打開胸、腹、骨盆腔，下行至會陰，接著四肢，最後才來到背部與頭。隨著日復一日的課堂推演，這些軀體裡的臟器被逐一取出，置放在藥水桶裡，身軀亦因此逐日乾癟，漸漸不成「人」形；尤其在我們緣著褪成淡灰藍色像似玻璃珠的眼睛把四周的面皮剝開時，他們更失去了原先可供辨認的面目。曝露在空氣中的時間一長，老師的皮膚愈發灰黑起來，起了斑點，肌肉亦色澤轉灰，這樣的身軀再不能留久了，我們的任務即將完成，時間到了。

於是最後一次跑檯考結束，我們依約定回到解剖室，這次不為考試也不為讀書，只要「物歸原處」。各組將屬於各自老師的臟器從桶中取回，把那些濕漉漉從孔洞中流出藥水的心或肺甚且胃腸重新塞回空洞已久的腔室（有些位置未調妥以致塞不下，不禁令人奇怪當初取出的方式），接著進行縫皮。鋼針約一隻筆長，我們便七八個人手忙腳亂用這碩大無朋的鐵杵拉著細棉繩將一塊塊攤開的皮合上並縫綴起來。這項看似簡單的工程卻因皮膚固有的韌性（是以鈍澀的針尖根本穿不過去）和各家不協調的針法足足花了我們一個下午，待得大功告成，老師們已像一個被拙劣補綴過的皮包後，再拿出數尺長的白紗將大致恢復人形的大體像纏木乃伊般包裹起來，清洗解剖檯，最後將老師再度放回檯上沉降並闔上鐵蓋，他們此刻終獲致真正安息。對於做完這些繁複手續的我們，這無異是很令人欣喜的事——這意味著一學期的日夜解剖終告結束，意味著不需半夜再穿著帶有大體味的實驗袍在下刀後疲累得如遊魂般在醫學院晃來晃去，更不需在美好的假日裡全班勞師動眾地在每次跑檯考前先來個模擬跑檯，同時意味著我們俱已通過了每個醫學生必經如成年禮般的試煉。

後來我想如今已矢志不走外科的我（因為不精良的解剖技術）多年以後再想起大

體課程時，那些冗長如咒語的拉丁和英文名詞大概早不能確實記憶，不過操作當中的那些聲色氣味和畫面，卻是可以確信會留下來的物事——或許這根本是解剖這門課的本意？——上臂的十九條肌肉拉丁名稱早已丟失於時間裡，但我卻能忠實記住人體脂肪的氣味、扭曲的藍綠色淋巴管、被焦油薰黑的肺葉、以及大小和色澤長得和花枝觸腳一般又白又粗的坐骨神經，這些在每當我想起大三上的日子時便如幻燈片般輪番在我眼前打亮抽換，曾經有宇宙的奧義濃縮在精密的人體中向我展演，而我有幸做為一名觀眾。

如果這樣把醫學如同身世溯源般縱橫攤開，西方醫學由巫術始，經希波克拉底哲學式醫療觀念一路走來，經由中古黑暗世紀的停滯直至二十一世紀突飛猛進的科學醫學，說到底它真正的起點還在於西元一世紀的蓋倫，這聰穎卻自傲的傢伙終於開啟了醫學的解剖傳統，破除哲思般的體液說，掀開促成今日醫學可信的第一頁；對於我而言，我的醫學生涯回想起來大概要從那臺編號十九的神祕電梯開始，在那垂直的黑暗甬道裡，於焉開展。那幽微的境地一如陰暗充滿羊水的腔室，我們蜷縮其中並漂浮，無知如閉眼吮指的嬰胎。終於那一天到來，同樣也是黑暗擁擠並潮濕的甬道，嬰孩順勢被產出，在流洩入一片光亮一如電梯門敞開之際，我被授與了一種權利，自從未開口的大體老師手中，接獲那柄醫者象徵般的蛇杖。像千百年來這條路上的前輩一樣，也許這根枯木會綠意漸生，開花結果，那麼不約而同地，這果實都是以一樁慈悲的死亡為養料的。

十面埋伏

晨起，我在乍亮的鏡子反光中驚見自己憔悴的面容——臉泛白略水腫，眼眶下緣一抹紫黑淤積，就像有隻病妖寄居在我的腦殼裡，曾經伸出牠枯瘦的手指在我眼周揩了一圈、留下的邪惡印記——這絕對是昨晚為了考試熬了一夜的緣故。再來，我的喉嚨像鯁到魚骨，每嚥一下口水便感到刺痛，趕忙張開嘴對鏡檢視，果然不錯，右側的扁桃腺已經腫得像個松果，紅得像個爛熟的棗子，可惜的是它再熟也掉不下來，只是極不識相地卡在咽喉，如眼中釘，如芒刺在背。

這總是一種警訊，這表示你還有救。我這樣地安慰自己。多年來和自己身體狀況交手纏鬥的經驗告訴我，免疫力低下，在我身上第一個失守的總是扁桃腺，它被我視為如烽火臺般在身體裡周匝排列的淋巴結之首。「只要考完試多睡覺就沒事了——」

我心裡這樣想，似乎是在安哄它，那個已經為我奮戰了一整夜的隘丁，然而，不知從自身哪個深不可知的地方，我好像聽到了……非常隱約地，戰鼓咚咚擂起。

歸根究柢，會造成我如此心力交瘁的原因，其實大可以怪罪到那本又厚又重的病理科原文書，它是這幾個月來耗竭我們所有體力的禍首。這本書厚總有兩塊磚頭，內容從頭到腳，由內而外，無所不包。翻開幾頁，你將會發現，它除了最常見的幾種文明病以外，還列舉了許多即使你行醫一輩子都不見得有幸一睹的離奇疾患。更令人驚訝的，我猜大概會是有一塊磚頭以上的厚度，用了許多描述、形態判別方法和實體器官的彩色圖片作註來講述的，癌。

教授已經開宗明義地說了：人類的器官病變有一半以上都是癌症。打亮在白幕上的投影片數據則更讓人驚心動魄——每四個死亡人口中，就有一人死於癌症。此難纏病症更連年蟬聯十大死因之首，遠超過意外、自殺死亡率。也就是說，你可能生性樂觀、一輩子遇不上一次火災、從沒發生過車禍、還躲得過地震中砸下來的物品——卻終究得上癌症。

因此這堂課一旦開始，造成的最立即影響便是全班人心惶惶，紛紛將自己芝麻綠豆大的不適向一條條的癌症病癥對號入座，似乎這個有可能，那個也有機會。結論是自己身上五臟六腑，外加皮膚、血液、骨骼、肌肉及一顆腦袋，通通都可能是病灶的預定地。這樣的情節絕不誇張，因為我就是其中一員。想想，當你成天讀到的都是「……某某癌症的預後極差……」、「得此病的病人存活不超過五年……」、「進程快的大概在兩三個月內，」時，怎能夠不膽戰心驚？我想，在罹癌之前，我們先得到的，多半是一種可稱之為「癌症恐懼症候群」的心理疾病。

事實是，在塵世行走二十二年，這時間已經足夠許多瘴癘的源頭攀上身軀。每日出門，城市中充斥著的漫天煙塵、隔座總有陌生人吞雲吐霧，你在吐納之間，逼不得已地全盤接收廢氣；又或者，是家庭中掌理上上下下每日伙食的大廚，屯積了許多油煙在呼吸道裡？結果是，你我的肺部都不可避免地出現黑色沉積斑點，再也不是嬰兒般的嬌嫩粉紅。

再有，便是臺灣人帶原率居世界之冠的B型肝炎，雪上加霜一些過度操勞、飲酒、復又感染他種肝炎的因素，條條殊途同歸，指向肝癌一路；染髮次數過多已經證明會罹患膀胱癌；時常嚼食檳榔或抽菸喝酒最好發口腔癌，嚴重患者常口腔纖維化而僵硬不能張嘴進食，甚者整個臉頰切除；更別說長期曝曬會造成皮膚癌、或東方人常得的黑色素細胞瘤，還有常吃醃漬物會間接引發鼻咽癌，女性更是時不時就可能發現自己腹內的硬塊，是卵巢癌、子宮頸癌或內膜癌……

它們像是用吸盤或足爪牢牢黏附於身的蟲子，令人畏懼生厭，卻怎麼甩都甩不去。

有趣的是，仔細觀察作為公共媒體的電視電影，它們總讓人誤解。戲裡的美女主角們最常得的盡是一塵不染的淒美絕症，諸如血癌、骨癌，還有先天性心臟病，殊不知凡間的婦女們其頭號公敵是乳癌和子宮頸癌，若沒有早期發現早期治療，抗癌過程不僅艱辛——大動干戈加上化療——還得忍受可能的面目扭曲的慘痛苦楚。但這絕不在螢幕上搬演，因為切除乳房會使女主角身材走樣，女主角撥冗去做「六分鐘護一生」的子宮頸抹片檢查未免太煞風景；更不要提罹上了毫無美感的肝癌、肺癌及直腸癌：女主角一旦邁入了黃疸期就再也不是蒼白動人、皮膚好得如同剛從ＳＰＡ中心走出來的秋田美人，要她自承因吸菸過量而得肺癌亦是難如登天，你也不能想像她趴在手術檯上被人切掉一段直腸是什麼景況，那畢竟與不食人間煙火的形象太不符合，況且還有許多劇情得在女主角這段病史中交待，所以我們看戲不僅要相信，且要體諒編劇。然而回到現實生活裡，我一點也不擔心自己得到血癌，卻對乳癌和子宮頸癌耿耿於懷——因為我三餐都吃人間煙火，而且我知道它們的好發率高得驚人。除了這兩者，我還額外擔心自己的腦中窩藏了一枚腦瘤。

這樣戒慎恐懼其實不是一兩天的事，它肇因於我一位高中同學的死。三年前的冬天，母親打了一通電話告訴正在南部大學準備期末考的我，和我相熟的那位同班同學因為腦瘤過世了。再更早的幾個月，其實我們都已知道她發現身體有異，也住過院動了手術，然而我們都以為她康復了，因為她回到學校去，還笑咪咪地詢問教授關於補考的事情。沒有想到緊跟著的是再次昏迷，十幾天後病況急轉直下，她的父母決定將她送回家中。怎麼來得這樣快？前後才只三四個月。但我想那些可惡的細胞在她腦中孳長蔓延絕不僅止於那短短的時間，很有可能，在我們還未畢業、在我們歡快地談笑時，那原初的邪惡細胞便已在她的腦中悄悄地繁衍。那靜靜的殺機。

後來我並沒有去她的公祭，最後一面已經來不及見了——據去的同學表示，是全身插滿數根管子，臉腫脹而雙眼緊閉，唇色泛黑——沒有見，便以為可以避開死亡感的真實襲擊，而認為她還活著，只是許久不見。然而自此以後，我便將自己歸入「腦瘤高危險群」的一分子，只要腦壓過高或是昏沉、偏頭痛，就疑心是否有東西作祟。這實在不是我擔憂太甚，而是同學給我的啟示。畢竟那年，她才整二十歲吶。

沒有想到在我確定被腦瘤纏身之前，另一種惶惶不可終日卻捷足先登地佔領了我腦海的龐大腹地。

去夏某日，無意中感覺到右頸部有一粒東西「彈跳」而出，霸道地盤踞在原先圓滑的頸項曲線中間，彷彿一座小小的丘陵。不痛，也不動。我頻頻按壓，除了稍微判斷那可能是一顆腫大的淋巴結外，沒有任何主意。誰知替我看病的醫生似乎比我更緊張，東看西摸，原先不痛的地方被捏到疼——「多久了？」「有沒有常流鼻水，」「有流鼻血嗎？」「聽東西會不會感覺到隔了一層，沙沙的？」——他拋出一個接一個的問題，那種急促好像在暗示這很棘手；而我在拿捏回答的尺度，會不會稍一有誤我就被打入重症病患，要受檢驗切片等等一大堆酷刑？

為了安全起見，醫師以電光火石的速度替我扯下一小片紅腫並呈指突狀的扁桃腺，又抽了血。他說怕我的淋巴結是個腫瘤轉移的癥兆。

下次再去，壞消息像癌細胞般擴大。抽血結果出來，證實我感染了ＥＢＶ——一種麻煩的病毒，麻煩在於它容易引發好幾種嚴重疾病與癌症。「有可能會得鼻咽癌噯，」醫師叫我張大嘴巴，他自己則瞪大眼睛地恐嚇我。這一次，我躺在診療床上，醫師打算直搗賊窟，要切下兩小塊鼻腔組織做化驗，以判斷我是罹癌或是純粹剛染上這種病毒造成的淋巴發炎。我無可抗拒地仰臥，任憑年輕醫師用棉花棒深入我的鼻腔塗上於事無補的麻藥，接著他再緩緩伸進一支不鏽鋼的巨大鑷子——前端且附上切割組織用的利器——直抵我的鼻腔後壁，然後出其不意地使勁一扯……噢。我痛得淚花迸濺，想叫也叫不出聲，活像一個溺水者鼻子哽住的那種痛楚，而且更甚。淚眼迷濛中，我的餘光瞥見銀色的兇器又慢慢拉出，前面多了血肉淋漓的一小團，那團鼻腔組織被拋進盛滿生理食鹽水的罐子，在裡面悠游著，載浮載沉。緊跟著同樣的動作又在左側的鼻孔重複上演一次。結束後，我的兩隻鼻孔均插著有筷子那樣長的棉花棒止血，痛到極點，臉上淚痕滿佈——這絕對和拔舌獄一樣恐怖。

我的憂慮如沉鬱夜色一層一層地加深。回來後，吃飯時也想，洗澡時也想，行走坐下都在心神不寧中：我會不會和那同學一樣？和我相隔兩地的母親則是無時無刻不打電話來問我：到底是會痛還不會痛？會不會移動？醫師怎麼說，切片結果要多久才會出來？她又到處詢問她用盡各種方法可以找到的醫學專業人員，把我敘述過的症狀一樣一樣地丟出去，等待著人家的回覆，再自行辯證比對可能的結果，即便是如此一來還是不能確定什麼；然則她還是不灰心，近於一種無可奈何的執著，一次又一次地來電問我早已重複回答過無數次的同樣問題，想淘瀝出我遺忘的蛛絲馬跡……

這種懸而未決的精神折磨遠勝於一切明白的肉體苦楚。在那等候切片結果的兩個星期之中，我反覆地將回憶快放、倒帶，企圖找出可能傳染給我的兇手；想起了許多延宕的夢想，以及可能美好的未來生活藍圖；又後悔當初大二時沒有選到「醫師與生死」這門課，就算現在想練習寫遺書分配僅有的財產都不知從何下筆；我在腦海中預想，如果只剩下些許生命，要做點什麼？但心裡竟然極不爭氣地是一片空白。難道連生命的終止都是這樣地不夠熱鬧精采？最後我竟生起自己的氣。

我還格外地懷念那兩塊鼻腔組織。不知它們現在如何？我且想像病理室怎樣處理我的血肉——是否也是包埋、削薄、去蠟？最後它們搖身一變，成為如同我們病理實驗課用的玻片——纖薄的一片組織貼在薄玻璃上，被我們夾在鏡臺與物鏡間，那不曉得曾經是哪位病人身上的一部分，如今變成顯微舞臺的主角，雙眼對焦，聚光燈亮起，無論哪種疾病的最初根源，都在這視野中赤裸現形。

被放大數百乃至數千倍的巨大病變組織在白幕上打亮，暗室裡鴉雀無聲。老師是如此形容那些癌化的細胞——排列失序，紋理錯雜；染色體分裂有誤，核質比變大；還有異於正常細胞的染色質深染，惡形惡狀的細胞如蟹橫行、擴散、蔓延……我的耳邊猶有他叨叨的叮嚀淡出，眼前卻是扭曲的圖像壓逼過來。

這種顯而易見的失序，無疑地是一種人體自身最原始基本的反叛，根本無從怨怪起。我們幾乎無所不能，卻無力去掌控身體深處一顆小小細胞的背離。它們趁隙變異、扭曲，潛藏埋伏於未知的角落，聚集、孳長、散佈，不知在哪裡悄聲商議著陰謀，企圖聲東擊西。待得它們大舉旗幟地向其他器官進軍攻擊，我們卻往往只能坐視著這場叛變……

更悲慘的是某些癌症具有家族遺傳的因子。在這群人身上，預謀早已埋好伏筆，就等著突如其來的刺激成為臨門一腳，多像是與生俱來的古老咒詛，輪迴了一代又一代，最終還是在某一時刻應驗，那般地無奈與無計可施。

就算是僥倖，基因裡沒有致命的密碼，那好吧，可以少提心吊膽一些。然而這並不表示可以就此逃過癌魔的蔭翼——現在的自然趨勢，只要活得夠久，某些腫瘤幾乎百分之百一定上身，諸如男性的攝護腺癌，它已經漸漸地成為生命中類似生老病死般自然的一環，這顯然是一種社會文明化的結果。都說人定勝天，然則某些回合裡，一種出於人之外的力量似乎總有辦法略勝一籌——

結果終於出來了，沒事。我懸宕了好多天的一顆心總算鬆下，醫師卻馬上追加了一則但書，「也有可能是沒切到腫瘤。」所以得時時回來抽血追蹤，但這總比立即宣判死刑來得好，我抽血抽得心甘情願。他又說：既然你免疫力比別人差，就多休息多睡覺，把體力養好，免疫力自然會提升……我知道我知道。連連點頭之餘，我還在擔心即將來臨的考試。對於醫師的好心諫言，我心裡絕對服膺，卻總勻不出空檔來實踐。

昨晚我就又為考試熬了一夜，今早果然得到現世報。我安慰自已，等考完今天的試，就好好睡它一覺，以免身當健康指標重責的扁桃腺如此腫脹。然而就在我臨行鏡中一瞥的同時——是我疑心或是怎地？我以為我聽到了一些細碎的聲響，像什麼動物在磨擦著彼此，或隱隱然有股震源在內的節奏。我似乎可以看見它們在黑暗中睜著又圓又黃、野獸一般的眼睛，竊竊地交換一些什麼，伺機而動。不行，別磨蹭了。我充滿狐疑與戒心的身影於是從鏡中淡出。但它們仍在。一如樓板上鼠群不絕於耳的奔跑與吱吱，細密綿延，沒完沒了。

青春旗

垂垂老矣。萎軟橫陳於男體腹側的那些，如水蛭，如經日曬後乾涸皺縮的蚯蚓。我看著它們，掂起它們在手掌，或有時抓握，褪去它們的皮，看它們毫無招架之力軟弱如受傷的小獸。它們的主人多半仰臥，靜默地注視著我或者沉陷於時間流沙之中，晝夜昏睡，任由我招撫降服。多半他們已老，老得似乎已不再在意我的眼光投注，因此對於我的貿然闖入，他們也少有責難之色，慣常只是訥訥的一聲，噢，表示知道了。

那之前我從未見過這許多皺癟的赤裸男體。一具一具，那些也許咎於突如其來的中風，日漸肥大淤腫的攝護腺體，或者原生於骨盆深處的腫瘤而被擊潰的身軀，皆因各種緣由，失去了自行解尿的能力，因此遵循著「女性病患的尿管由護士置入，男性病患的尿管需醫師安放」這項不成文規定的實習生如我，總被傳喚到站，疏解淤塞尿意。

首先要脫下男人的褲子，而那並不是件難事。往往我帶著齊整裝備進入病室，說，要放尿管了，家屬便會圍攏來，齊心協力將男人的外褲併內裡一起脫下；沒有家屬在側時我便自己來，拉上圍簾，戴著手套的手硬生生將癱躺於床的男人的褲頭扯至膝下，彼一時刻它們便都袒露出來——

長的與短的。細瘦的與圓腫的。皮色泛黑的，蒼白的，被包覆著的，被褪光的，皆疲軟無力地懸掛在雙腿溝隙裡，幾莖灰白糾結如巢的毛髮疏落圈圍著它們。消毒之前我仔細端詳，以手輕觸，男具便如雛鳥般滾落我掌心，質地軟得不可思議。

我望著它們，再沒有任何一部分的身體，如同那塊胯間的領地得到如此超乎想像的關注。曾經，男人的私處活力沛然，高高升起旗幟如堡壘，聳然如碑如柱，鞏固著這塊屬地便形同擁有世界。而這世界所反饋的龐大資訊無不提醒著，下體是重要的，下體充塞於日常生活，下體無所不在。我們援引這樣多的語彙與方言，形容並給予胯下文化與社會學的地位與意義；為了保持旗幟恆久高舉不墜，男人們遍尋祕方、開發藥物資源維護著它的盛年。在我的醫院裡，藥品目錄的封底有那樣一幅堪稱浪漫而具創意的平面廣告——畫面裡一雙輪廓漂亮的男女上下微笑對望，女人問，「什麼時候？」男人回答：「現在！」對話言簡意賅而傳神，製造壯陽藥的國外藥商則堂而皇之地將單純生理上的衝動提升了層次，在小標題裡寫著，「愛，不能等待」。當然我們清楚，堡壘護衛的不只有愛或者性，更多時候它據守著尊嚴。青春的旗幟與自尊是怎樣緊密地相生嵌合啊。男人或許無從否認，如果他們據以自豪的城池荒疏，城垛坍塌，盛景不再，他們將為此付出多少努力。一些未經親身體驗的猜想，一些坊間的刻板印象，我們總這樣揣測著——像電視上第四臺插播的那些中醫診所廣告，江湖氣的醫師大剌剌敞坐桌前，拍胸脯保證無論菜花陽痿皆幾帖藥可癒，見證人亦無比感激地坦承過去的不舉歷史以表揚該位醫師的神功妙藥。我們還一定在廣告中黯淡的打光下，想像所有的病人是怎樣閃躲著進了小巷，羞赧著低頭遮掩走入頂上懸有「專治性病／陽痿／早洩」招牌的診所，最後在醫師的桌前，像自首一般褪去衣褲昭示著自己的荒唐或弱點。當然我們過去都曾為這樣不道德的聯想，因而在想起「泌尿科」時腦海中泛湧出微妙的罪惡感，彷彿直視並戳破了一個男人的重大祕密。

但我不知它們過去的身世。我只能在彎腰注目時，揣想它們的歷史。曾經男人未老，男人意氣風發，胯下生意盎然如綠洲油油，他們帶著他們勃漲的青春與昂舉的熱情在這世間橫衝直闖，製造幾度足堪回憶與改編的過往，並且藉著它們進入女性封閉溫暖的所在——而我如今用尿管進入它們。我拿起質地滑韌的橡膠軟管，管尖抹上於事無補的潤滑膠，一手且拈住男莖露出頂端孔洞，另一手將管子插入洞穴與之接合，徐徐前推送入。沒有例外地，我會由握住性器的手心感受到硬挺的尿管在狹窄尿道中開路通過，總是，管子不得不如此粗魯地行經男性尿道某段固定的彎折，難以伸越的角度使我們必須戮力將尿管硬生生擠入，那時總伴隨著老人的呻吟，謾罵，或者壓抑的一聲悶哼。然後在老人因疼痛而起的四肢顫動中，黃熱尿液自管尾滴落，汩汩在集尿盆裡聚積成一窪小池塘；接著我們且七手八腳地打上膀胱內的固定水球，接上尿袋，讓膀胱裡淤積已久的尿液盡皆流光。

我們總那樣被提醒，尿管在體外的部分，定要特別留下一截多餘的彎曲才能固定於腿根，「那是為了防止他們早晨勃舉，拉扯體內水球造成苦痛，」富於經驗的前輩如是耳提面命。然而，好長一段時間，我在每次清潔、替換與疏通管路的工作中，一床床被掀翻的被褥裡，從未見過那昂然矗立，象徵著逝去年歲的標記。慣常，我照著清理尿管的名單穿梭於病房，拿著蘸滿優碘與生理食鹽水的大棉枝，從它們的頂部巍巍劃開，消毒，冰涼的藥水如圓靶一圈圈擴大，潤濕並塗覆他們的私處，在被染成黃褐的皮膚中間，它們看來瘦弱而且渺小。那時我臆想著，究竟是嗆鼻的藥水味，亦或是棉棒過於冰冷的膚觸，才使他們變得如此冷感呢？目光所及，旗柱早已橫倒癱軟，基石動搖，在數枝棉棒的撥弄間，它們也只是面露懨賴地啣住尿管，海綿體帶著它的記憶隨主人更加深沉地睡去。

於是，老人沉睡的三角地帶遂真正從此成為無人照看的隱僻角落，成為觀照家屬照料程度的指標區域。偶有細心的兒女會囑咐我下手務必要輕，以免過猛的力道銼傷脆弱黏膜；更多時候我看見它們一如被荒置了，任由雜蕪的草花蔓長成野地，異味叢生，溝縫夾帶汙泥陳垢。一次我替中風昏迷之老人進行尿管清理，為求徹底清潔因而翻開了過長的皮層，奮力向下褪去，這才發現在那長久被包覆著的男具頂端，結著一層厚厚如壁癌的鈣化汙垢，私處特有的腥臊味也隨之充斥盈鼻，脆而硬的尿垢被棉棒掘開，一塊塊落下如白色的漆片。我的動作及眼神大概確實地表達了對照護品質的不滿，那看護婦遂急急在旁訕訕解釋道，噯，原來是這裡啊，我還想怎麼全身都洗乾淨了還有味道……。接著她竟像少女一般澀然臉紅起來，指著被皮層勒緊的尖端，「還有，我不知道那個要怎樣推回去。」

眾人皆自堡壘撤退。最後是，連自己也頹然撤守，無以捍衛。值班某日，我依循指示到床側替罹患膀胱癌的中年男人疏通尿路。男人的膀胱內裡蔓生惡性細胞，病灶流出的大量鮮血混著尿液，凝結堵塞了唯一的出口，不斷蓄積的血尿撐大了膀胱，男人的小腹鼓漲如球。我看見他在病床上腆著肚腹，因強烈尿意而產生的痛苦使他不住哀告呻吟。我站在下首，將針筒套上尿管末端使勁反抽，狼狽模樣就像與男具拔河。然這樣來回數次尿管始終無法暢通，男人或許已不耐反覆穿脫衣褲，亦放棄尋求協助一途，自顧自地跑開只想逼自己痾出尿來。我後來在浴室裡找到他，推開半掩門扇，昏黝燈光下他蹲踞地上詫然回望，手上提拎著尿袋，下身精光空無一物，我倆就像彼此誤闖對方時空的幽靈一般尷尬突兀。而後那男人孤身走了出來，無睹於我的存在，似乎其他人的目光也無涉於他，男莖在細瘦兩隻腿籤中垂晃，一步一步走回人口紛雜的三人病房。

無所謂，無所謂了。就讓盛年之前男人的傲氣及年少的羞赧青澀隨著老莖一起垂去吧。於是在那樣黯黑的泌尿科超音波室裡，時光中節節潰敗的歐吉桑們一個個沒有異議地便脫卸了長褲與內裡，不像特地支使女性醫療人員離開現場的年輕男病患，他們安靜地以挾著一顆黑皺皮囊的瘦臀搆上診療床面對我們，任由我們的手指進入他們的肛道練習著，大幅旋轉，摸索硬塊，按壓攝護腺體，成為我們學習探知攝護腺癌的鏡面。但聽說，那樣子由肛道觸診是會引來高潮的哪。我不禁臆想，在生理機能逐漸退化因而形同禁色的人生晚期，由手指檢查帶來的高潮感，是否會讓老人們在黑暗中一瞬間的歡愉裡，回想起自己走馬燈般，一幅幅亮起旋繞的花樣年華呢？

回到每次診療關係開始的病房裡。初見面的老人端坐床沿，謙和拘謹，回答我一連串拋出的諸多疑問。末了話題還是得繞回便溺之事，我問他們，平時大小便有沒有什麼問題？正不正常？老人也許會遲疑半晌，彷彿猶豫著，在陌生人面前自白有關夜尿、頻尿以及小便不順是否合宜；有些老人則急急揮手澄清，似乎要斬斷話頭那般地，說「嘸，嘸啦！」像要你別再管他排尿解糞的家務事。若不死心，沿話梗搬出種種相關症狀加以套問，他們之中的某些會雙眼倏地亮起，驚訝於你怎會言中一般地大表認同，「對對對，暗時會起床放尿好幾次，每次都很細管，」接下來他們或會無可奈何地抱怨著，有關長年攝護腺肥大帶來的不便，那情狀其實有些蒼涼，等於間接地自承已經老去。有些人則堪稱幸運，聊表快慰地說著還可以，還可以。那時他們可能悵然，但已經無暇也無力再去照管，那一方曾重軍守護的情慾城池。青春雖好，畢竟是遙遠的夢了。所以他們只是笑笑。彷彿到這年歲只要吃得下，睡得著，便溺還能夠晨昏定時，隨心所欲，那就也別無奢求，算是天下太平，諸般皆好了。

（二〇〇七年臺北文學獎散文佳作）

硃砂足印

終於在春天的收梢，我們都拿到了那一方瘦長的黑章。熱亮的夏天正要大剌剌前來，我們卻在被迫收隊關進醫院的那幾日裡，在職前訓練會場的小攤上指認屬於自己的那一枚方章。極為普通的自來水印，細楷陽刻，章蓋貼紙標識著我們每人不同的名姓與相同的身分。

那年呵，我們是那樣一群，被趕著上架的新任實習醫師。

於是，偷蓋。對於新職位的好奇一如新鮮的墨色，氾濫在每一頁紙張的下緣，又怕興奮之情太過招搖，因此不得不再偷偷搧去過多的濕意。單純如我們，以為這方印鑑便是權力初初擴張的證明，所以隨時擺放白袍口袋裡，遇有任何需要出示個人身分的場合便掏出來捺印，諸如，簽到，簽退，訂飲料與便當。

那是一枚，頂多在尿液血液等無傷大雅的檢驗單上擁有效力，其餘對於種種開藥、止痛、高級檢查等項目毫無允准能力的圖章。總是，在醫囑欄上只留下自己不完美的處方，因此那赭紅印跡便成了可供追緝的線索，護理師及學長姊們鎮日虎虎循線捉拿我們歸案，「某某intern，你這個order究竟是什麼意思？」

我們渾不知，這顆裝飾性的印鑑，將與並列「實習醫師三寶」的呼叫器與識別證，陪我們游牧過這一年的各個小站；除了白天，夜晚值班時也常需掏出章來補醫囑，開些小藥，或者在病歷上記錄一段驚險的急救過程後在旁畫押。因此我們也習得了關於印章的迷信：即便印章沒水，也不要在值班當夜填上紅墨，否則整夜都會有蓋不完章的事端。

但就算我們如此虔誠，那些孤單的夜裡仍然因為接不完的傳喚而在走廊上疾走奔跑。空寂的凌晨，除了自己的喘息聲，腳步聲，還有口袋裡值夜的學長交予的一顆真正擁有處理事務效力的印章，與自己的實習章，兩枚章在胸前交相磕碰作響，就彷彿暗夜裡，無論發生了任何事，依然會有人在後守護。

因而隨著印跡逐漸被蓋至乾涸褪色，那一年中間，歷經了大小心驚時刻的我們，自以為就懂得了這一路的跋涉，後來，才發現那不過是一條漫漫長路的起點。偶爾，翻開了一個老病號多年來累積成厚厚一塊磚頭的病歷，在那本猶如時光紀念冊的黃舊紙張上，會驚見某些熟識的名字爬過，早年的殷紅暈褪成了歲月的顏色，「這不是某某老師嘛。」我們頭挨著頭，驚笑著竊竊指認，在頁與頁的縫隙裡，就似乎看見了年輕的他們，正被各種超乎預期的事務搞得焦頭爛額，一個個戒慎恐懼汗流浹背，如臨深淵，如履薄冰。

閉幕式

我很緊張。初時那幾日，我像個遇溺者，抓著當月同在一個病房的學長或同事們，反覆問他們同樣的問題。他們大半都有經驗，有時是白日，有時在半夜，知道流程該怎樣進行。早我一年的學長提起這件事時語調平穩，一如囑咐平日開藥開單等事宜。「到時，你就請小姐安放個心電圖監測儀，讓它跑一段，」該做什麼，該說什麼，得填哪些單張，這些我都得先記好，以免到時孤身一人，鎮定不來。

像操演儀式那樣，或像重複背誦因惶恓不安而萬分彆扭的臺詞，總在我們互相通報病房裡又有垂死個案時，我暗自複習再複習，那些最終要在家屬面前做最後確認的動作：聽呼吸音，摸脈搏，用筆燈照射瞳孔，還有等待心電圖儀吐出一張證明心跳停止的紀錄。因為關乎生命意義的終止，那時刻似乎嚴肅到任何失誤都會變成一種荒謬。我問，要不要說出診斷？學長說不用，他叮嚀，「『宣』的時候，你只要說……」對，我要說的只是，某某人，於某年某月某日在本院過世，如此而已。

他們要我相信我終會遇上。進出流轉快速的腫瘤科病房，每個住院醫師的手上都有幾個人即將離去。除了固定來作化療的病患，其他人能做的便只有等待。等待總是磨人，有長有短，而當它們為數眾多，就會融聚成龐大的哀傷，隱隱而難耐的低壓，盤踞籠罩了整個病房。一些情景很常發生。護理站喧鬧忙亂如常，忽地走廊上就魚貫步入了幾個人，他們的群集都很安靜，穿過一路上的換藥車、護士、或其他絮聒的家屬而去，直入某間病室。有時我在畫面之外瞥望那場景，站在門口討論些什麼的人們，沉鬱的氣息和刻意壓低的語調，彷彿那空間是一個奇異點，吸捲了附近所有聲音的質量。而他們總是景深裡面目糊去的一個個輪廓，無語地矗立在床尾，盯著床上意識已沉的人看，眼睛濕濕紅紅的，好像兀鷹，也許是因為，手足無措的時候，也只有等待。

那個月中的幾日，正好幾個末期病患以一種極快的速度密集地相偕離去，病房區於是透著一股迫重的張力，令我們難以喘息。我看見剛剛宣完一個人死去的同事走進休息室，凝面沉默地把剩下的細節處理完，心裡便一面焦慮著這些可能來臨的場面，一面又頗有罪責感地慶幸起，接連這幾個病人的離開時點都恰好跳過了我的值班日，我幸而不必自己面對。

然而那晚，我值夜。傍晚交班時，學長說，「有一個已經快要不行了，」是他的患者。對側的走廊上，躺著我自己因癌末而漸次昏迷的另一個病人，算來有兩個潛在的病患，我的壓力陡地升高，想著，大概是捱不過這個晚上的。整個小半夜，我把病房的事處理一輪，間中護士偶來回報，「那床病人的血壓在掉了。」她叫我再等等，可以先睡一會兒，常駐於此經驗老練的她們反而是新手如我的引導者。她說時候到了她會再叫我。我於是和衣孤自在值班室的床板上沉沉睡去，疲累得沒有夢，只有似乎好久以後，一通很冷很脆的電話鈴聲打進值班室來把我叫醒。那頭說，「你可以出來了。」

凌晨近二時，走道靜冷得連連響起回音。我探進那間三人病室，長長的房間，闃暗得有如深穴。第一張床的帷簾已經拉起，圍護著唯一亮著床頭燈的病床，像個偌大漆黑舞臺上的光圈，圈裡躺著的不是我自己的病人，而是學長交代的乳癌末期患者。從護士身後看著，血壓已難以偵測的她早陷入意識深沉的流沙，呼吸淺得幾乎聽不見，連起伏也無能分辨，只有心電圖監測儀的螢幕上還有螢光綠線在黑暗中滑過，偶爾伴隨嗶聲躍起一個小小的尖波。護士要我盯著螢幕，等待再也無波的時刻。一邊，家屬已在，他們或站或趴伏在床緣，輪流握著病人的手叨叨敘說最後的話語。

彼時，心底忽而一片刷白。

我知道等會也許在綠線不跳了以後，要做的事是什麼：在死生模糊的時點，我得辨認出「確切的死亡」，證明它，然後宣告生命的完結。然而死與生，存有與空無，怎樣證明有，怎樣證明無？那樣龐大的意義顯出了自己的渺小無能。探測生命仍然存在的搏動或證據很容易，要確認它們俱不存在，卻很困難。

（想起了某次值班，一個因為腦壓上升而呼吸心跳倏地全停止的年輕女孩。我衝向病床執起她的手按壓脈搏，因緊張與混亂而不能相信自己手指感知的真實性，幾秒鐘內腦海中不斷地閃過：怎麼會沒有？怎麼會沒有？——那樣恐慌的語句。）

他們說，當你要說出那句話的時候，絕對要再三確認心臟是已經不跳的了，連電氣活動都不能有。「不要像有的時候，都宣完了，回頭一看，螢幕上又零零落落地跳起來，那就尷尬了。」那種時刻，或許病家與我皆會落入黃春明小說式的為難吧。為了避免宣告過程一不小心變成一樁令人惱怒的玩笑，我靜靜在旁守候，看著螢幕右端吐出的綠線，坡度慢慢趨緩，更緩，平滑而筆直。

我猜想，她可能在那漸進式的某一秒就已越過了生死的分野，連她自己也不會清楚。照著心中預想過不知幾回的程序，我把聽筒貼上她浮著肋骨的胸膛，沒有呼吸；手指壓迫她的頸動脈，沒有脈搏；筆燈直直照射她的瞳孔，沒有光反應。我掣開按鈕，讓心電圖跑出紙來，紙片沙沙作響，本已平直的線卻又顫抖了起來，我看向病床，黃瘦的人形，表情已經空去，那是病人的兒子趴在她的身側哭泣，讓心跳被誤讀了。

他們都很明白，只是在等我宣布，彷彿從那一瞬起事實才不再翻轉。紙片跑了三四張，確定了，護士指指螢幕，示意我以那時間為準。我撕下那紙，彼刻，用生澀的語氣，把她的結局說了一遍。短短一句話，很容易就說得不穩，很容易，就說得太小聲。

就只剩下了聯絡和文書工作。拔完管路出了病房，我的心情不適合馬上回到值班室入睡，便走到護理站去和值大夜班的護士說話。剛剛負責那一床的護士過來，她說，「你做得都對。」過程都對了，只是有點彆扭，只是還有點奇怪的什麼殘留。我閉眼蜷縮床上，剛才的畫面不去不散，歷歷流過。她女兒問我，「要怎樣才能讓她的眼睛閉起來？」其實我不知道。心裡想著，讓別人來處理吧。只是，某些事物在我離開現場後仍然形成了忘不了的刺點：猶有體溫的軀體，拔除了管路因而滲出了血的洞口，在回想中於褪色的腹股溝上變得鮮豔；她兒子在她離去後回頭向家人流露出的不解眼神；還有靜謐的走廊上，一家人緊緊跟上的步伐。

一天之後，我自己的病人同樣於夜半在別人的手裡逝去。是學長宣的，多我一年的歷練，期間可能好幾次經驗的複沓，讓他第二天早上出現時無波也無瀾。或許，亦是我選擇逃離那場景。原本打算要在她床旁陪她走完，有始有終，卻因為前一天才宣過後的身心困頓，讓下班時得知她的瞳孔已漸漸呈現放大疲態的我，決定把她留給值班的醫師。

我想或者是我再也不願面對另一次的寂滅之感。朋友這樣說的，人性的弱點，其一是不能承受他人之死。那夜後我才曉得，即便他人是素不相識者，死亡也難以負荷；即便是，多少次經手，遠離或逼近病人死亡的可能，也許終究無法真正理解死亡的本質，無以習慣，只有迴避。就如同鎮日在醫院工作的我們，始終沒有勇氣直說「某人已死」，而總以「expired」來代替，彷彿這麼一來，它就可以變得很輕很輕，輕到不會觸痛大家，而僅僅是一種狀態的提及。

又也許，只有將它當作一種狀態，我們才能夠加以練習。反覆練習。學會在可能同樣軟弱的人群裡，當一個稍微堅強的個體。朋友說，與其與他們共同悲傷，毋寧是看來堅若磐石的人，才有力量帶領。常常練習，練習在更多場的閉幕式裡，當一個執禮堅定的司儀。總有人要來提醒，已經終結了的病痛時光，與另一個階段的來臨。我反芻著那些話語，即使明白自己還不能夠，明白豁然其實需要好長時間的累積，卻逐漸知道了，在最終的場景裡，我們在，並且說出最後一句話的真義。

原來那句話輕輕說出，就解除了疾病與死亡的迫近，加諸在眾人身上無邊等待的咒語。

（二〇〇八年臺北文學獎散文首獎）

私房藥

我的氣息微渺。翻箱倒櫃，終於在藏放諸多藥袋的角落深處找到Clarinase。我吞下一顆，隨即疲睏蜷臥床上，像一頭被堵塞氣道折騰的虛弱野獸，吁吁喘息，靜待藥效沿血液經絡行走全身，如召喚一場體內的微型巫術。

我們常戲稱這顆藥為「曼陀珠」。又大又白、圓凸的糖衣錠型，像極孩提時藏一條在口袋的嚼糖。從自己手上開出這味藥劑已久，我知道它專治感冒時擾人的鼻塞鼻涕，是以預期服藥後的半小時內，藥氣蔓延，將可消褪腫脹充血的鼻黏膜，收乾鼻水，還我通暢的鼻腔，如此我才不致因鼻涕倒流或張口呼吸而整晚糾纏翻騰，驅走了夢，換來浮腫雙眼。

年初深冬時分，我的手腕痼疾又隱隱發作，禍首是吉他。負責按住弦柄的左手不耐大拇指老是外張、與滑動的手腕牽扯相左，腕部的肌腱便腫脹發炎，皮膚泛出微紅色澤，手掌無能彎曲。痛也罷了，但我是個左撇子啊。經驗老到的我，素來知道這痛要好，得完全不去撩撥左手，讓它靜靜休養六星期。然而這建議對病人如我來說幾乎沒有可行的餘地，最後，左手經反覆勞動，小痛終逐日演成劇痛，連穿衣執筆都有困難，我只得挑了空檔，闖進復健科老師的診間尋求針劑的安慰。

第一次，是右手的事。當實習醫師時，一雙手老在鍵盤上打病歷，右手拇指習慣微微張開翹起，久而久之也釀成同樣的肌腱炎，原文稱De Quervain's tenosynovitis，中文俗名「媽媽手」。這病乃因媽媽們總張開雙掌虎口摟抱嬰兒或做家事而得名，我還沒當媽，兩手卻交互蹲跳般地招惹此病，只能怪自己姿勢不良，不懂身體極限所在。

所以向老師討救兵，指名要類固醇的救贖。老師盡醫師的本分勸說，常打不好欸，當心肌腱斷去。這後遺症聽來很令人膽顫心驚，但痛到頭上不能忍，此刻我只能如小鎮上的婆姨叔伯般，打一針解決我的急性疼痛。老師於是架起我左手腕固定，針尖無比準確戳進我的肌腱鞘膜裡，徐徐推進藥劑；我的臉面發皺，腕部跟著又脹又痛，皮下瞬間就墳起一顆水囊。臨走，他再開些口服止痛藥予我備用，Voren SR，75

毫克，粉紅色三角型，從此也被納為我的愛用藥一員。

Adalat是橙橘軟囊體我也記得。Cephalexin是膠囊，囊體綠白各半，味道腥臭；Naposin亦可止痛，圓型黃色。能記住這些，泰半是因為眼熟的緣故，常用常見，就算拆解鋁箔外衣或頓失標籤，一樣可以眼尖地從生分的藥丸裡把它們挑揀出來。更大的挑戰卻在看診途中，若問病人平時在其他院所的用藥，而他顫巍巍從分裝藥盒裡倒一把丸劑於你掌心，你以指尖翻揀撥弄，此時的眼力就得更好——那是微妙的虛榮，如多識於草木鳥獸蟲魚之名，又如神農辨識百草，只這草木是各類大小不一、色澤質地殊異的丸錠，待你嗅聞揀視後一一指出正名。心臟科用藥最特別，藥劑表面直接印上心型圖樣，或藥丸本身就灌模成愛心形狀，彷彿明示加象徵；血糖藥裡有的壓成淺綠色啞鈴形，顏色豔亮，啞鈴造型且由兩個半橢圓相連而成，方便剁半；有的則設計成扁長五角形，特異性強烈，一望而知非某藥莫屬。最惱人的卻還是普遍性最高的白色圓形藥劑，若無特別表面壓痕彰顯身世一如家徽或紋飾，那還得追本溯源、搜出藥袋才能找到真正解答。

是以師長們在背後追迫逼趕，要我們反射性見藥道名。於是暗室裡我們排排坐定，眼珠鼓鼓盯住懸吊著的大銀幕，那上頭映投著的是一百題連番抽換且隱去商標的各式丸藥水劑，所有文字皆被遮以馬賽克，只有被放大的細部特寫可堪玩味。仿如日本電視上限時作答的競技綜藝，我們在光暈中的試紙上填下肯定或曖昧的回答，抬頭再三比對藥體的符籙圖騰或乾脆棄權跳題。一場試鍊下來，冷汗逼人像失足落進不見底洞裡。

熟諳藥性後，我便把自行開藥揀藥、醫治自身諸般小病痛，視為職業醫者不得已偶一施之的小小技倆。做學生時尚無此能力，等到年紀漸長，躋身住院醫師行列，並以名為記、以章為憑，向病人發出一帖帖的藥箋後，針對自己或許隱微難言的病症開立處方遂如家常事般，瑣碎無奇。外人知道後或者羨慕，啊，真方便，你看病不假外求。然這小動作卻揭示了一點幽微的心酸，彼此上班時段的重疊，讓有病煞疼痛的我們非得從自己的崗位偷得短暫空檔開溜，否則難以求助於其他專科醫者。因之，嫌麻煩的我們，開始為自己的藥箱添購各類個人化常備藥：年間總會在院內染上數次的感冒，需要止咳、止鼻水、祛熱的幾種藥劑才能將症狀勉強收服；簡單的第二代口服抗生素，可以治擠膿痘疔瘡失手險些釀成的蜂窩性組織炎或憋尿招致的泌尿道感染；類固醇藥膏是家庭必備良藥，對偶然出現泛紅發癢的皮膚疹極好用；制酸劑則是腸胃科的醫師朋友轉贈，這種平時得有陽性胃鏡結果才得以讓健保給付的好藥，比一般胃藥的威力更猛烈，理應抑制胃酸分泌，讓黏膜充血發炎的胃壁好受些。必定有幾次，它讓因工作延後進食的我減緩了空腹後的痙攣絞痛，也把終有一天得做胃鏡確診的念頭暫時又拋諸腦後。

總是，身體髮膚的無謂小事留給自己處理，因此當消息在耳語間傳遞，沒有人不會低聲驚呼或嘆氣。腎臟科老師得了肺癌。轉述的細節縹緲模糊，傳言中老師跌了一跤——一個平日無甚大病痛或慢性疾患之人，突然摔落，指涉的或許是神經中樞的重大端倪——那後來證明是腦部的轉移腫瘤作祟。如此之惡兆啊。我不忍去猜測身為專業醫者的老師跌落的那刻，面對症狀的惡戲及隱喻，有誰會比他更冷靜，或者，更驚恐？

再見到老師，是他一張登在院刊上，表達身體靜養中、婉謝探病的照片。他清瘦許多，回不去當年大四聽他課時，講臺上聰明機鋒、嘲謔式的爽朗。師長們提起他時欷歔著，病後仍賣力養家的他，遺下的妻兒之後不知何以維生？

那或許有種難以言喻的傷感。彷彿同在一陣線的戰士突然靜悄悄地脫離了隊伍，成了傷弱的一方。卸去甲袍，戰士原來也有破碎肉身，也會經歷衰敗和凋亡。如何與曾經的同伴談論戰敗或死亡的可能，更難。言語中的些微遲疑都成了明白的線索。也許。可能。當瞭然的光芒從眼中黯淡閃過，那都是種不需再言說的殘忍。

初春，老師從病房被移至往生室。走廊彼端，因逆光而模糊相融的群體，他的弟子們輪流分披黑袍，門口班班列隊，彎身送行。迢遙這端望去，鞠躬致意的畫面沉默而孤哀。

那之後年餘，例行的年度胸部X光篩檢偶然照見了另一位同仁的病灶。低調無意張揚的年輕主治醫師，臨入手術室、除去為遮掩面容而戴上的口罩時，才被眾人訝然認出。他前一年剛在花東公路上跨騎單車來回疾行三百公里，在盛夏的安平運河上賣力划槳。那樣健朗的男人，平時執掌著的正是以放射線滅殺癌源的工作，卻悲劇英雄式地，也落入我們「怎麼會這樣？」的無解嘆惋。

各人或有各人難以破解的身心病障。婦產科老師門診時上腹疼痛糾結，先吞下一顆Nexium無用，我急從包包中翻出一粒胃藥Strocain解救，仍壓不下她胃酸蝕壁的痛楚。專精肝炎病毒治療的教授本身就是肝炎病毒的帶原者；肝膽科老師近年血糖有爬昇趨勢，他估量自己或終究不可逆返地要往糖尿病的診斷邁進，因而吃起了Metformin。精神科主任則說他每回國際會議報告前都得對鏡演練數十次，精準算計演講時間。他且在某次會中，在學生面前自謔他總睡不好，於是前胸的口袋裡長時放著各式安眠藥錠，對抗夜晚、時差與焦慮思緒，甚可用來救治臨座乘客的睡眠。

因此無人知曉的縫隙裡，左手哀告聲響起，我從慣放筆燈、扣診槌的口袋掏出粉紅三角藥錠配水服用；病人來去的空檔，同事吞下藥丸拯救口罩後的淤塞嘶啞；學長定期抽血檢測肝炎病毒量、自購價昂的抗病毒藥展開一日一粒的長期抗戰；老師的包包底層隨時放著深紅色的制酸錠劑。那是我們的脆弱穴道，我們的私房藥。是諸多疲乏的肉身，也是孤寂而漫長的飛行。無眠男人最終酣然沉進了座椅的懷抱，周遭靜好，只有飛行器切割了雲朵，在高空，在我們的夢境裡，嗤嗤撕裂，微微作響。

週間旅行

彼時我不知道，我將不會再回返這幢家屋。

在我的聽診器放開她的胸膛後，看護婦和護理師即上前圍攏來。她們低聲討論著，我則安靜離開。從客廳望去，瘦長對開木門框住了臨街邊間，二樓，午後天光入老屋。小小房室，懸垂一盞舊玻璃圓燈罩未亮，褪藍牆壁，地鋪石黑六角磚，角落一張單人床，老婦正睡臥其上。她已睡了很久很久，近百歲的皺白臉上無有表情，眼皮闔閉，癱去肢體略略浮腫。我看見景深裡護理師的背影和手，她彎身嫻熟操作每日數回的流程，量胳膊血壓，測呼吸速率，接著緩緩抽出留置逾月的鼻胃管，換上新的。

「阿嬤，阿嬤，吞落、吞落。」插入中，伴隨著耐心哄勸，即使明知這些年以來，老婦從未醒轉。

每三個月，我來到這裡，探看老人還安好否。護理師則每月來巡，置換管路，詢問營養狀態、排泄情況，評估有無急性感染或其他病症。與我相偕出訪的居家護理師，爽朗素樸，是一個女兒的母親。她且每日往返醫院病房與街弄衢巷，權衡住院病人回家後可否就地照料。手上數十位收案病人，得輪流排程，定時到案家清理傷口、重置尿管、氣切管及鼻胃管。除此，她清楚記得每人跌宕起伏的病史細節，關於那些管路在怎樣的章節轉折裡被一一插上；以及個案的家庭譜系、有決斷力之關鍵人物，那裡頭，暗藏有親族中絞纏的糾葛。

彼時，我們過度浪漫。乍聞升上第三年住院醫師的我們即將加入居家照護團隊，每週一次出訪，還以為早期往診時代炫然再現，彷彿看見馬偕或蘭大弼等老前輩騎著腳踏車巡街，或電影《油麻菜籽》中，荒地裡被小女孩領著趕往接生的小鎮醫師。我們且幻想將會攜帶許多家當，它們通通都被裝進一個鼓脹的醫師包內，那樣厚沉的皮包被提拎著，因為趕路而前後晃動，好似要往赴什麼重大現場般地急迫而熱烈。

然而以上的事都沒有發生。醫療高度發展的今日，院所密集，病患有事救護車即呼嘯送抵，再不需要英雄式的迷人情節了。往診醫師自傳說中退位，醫師包縮減為一襲白袍，口袋插放筆燈、印章什物，聽診器掛頸，如此一身輕便，我們遂成居家護理師的跟班。最最勞苦功高是護理師，所有替用的管路耗材、血壓計耳溫槍、棉枝優碘、剪刀紙膠，都被飽飽填入一篋黑色行李箱，她們低頭拖拉，輪聲碌碌，陽光底下疾行，就像即將出發去遠方。

那便是我們三人的週間旅行。每星期，月曆上被註記的時刻，司機大哥固定駛車來接。小黃出動，我們遂以計程車取代古早三輪車，熟門熟路鑽巷繞弄，於城市中兜轉。

篤篤前行，去探訪我們的老友。楊，年輕工人，二十出頭便遭高壓電擊、自電線杆頂墜落——遇見他時，他胸椎以下皆癱瘓僵直，因傷而極度重聽，並已在安養院的床上躺臥了之後的二十年，唯一的生活事件是撐起頸部，鎮日看著熄去音量的電視。我們他總大聲招呼，用走調的開朗聲線，告訴我們這陣子他又略微發燒，流出血尿。我們掀翻被單，執起並清理男人皺瘪陰莖，從那孔洞中拉出已放逾月的尿管，端詳那袋紅濁尿液；翻過身去，楊因長期臥床，早生出難癒褥瘡，安養機構人手不足，換藥翻身無法勤快，他無感的背肉遂被鏤蛀，總有黃綠膿液滲出，沾滿填實傷口的棉紗。護理師以生理食鹽水浸潤，揭去髒紗，以棉枝塗藥消毒，再像照撫乾淨新生兒般，蓋上層層疊疊潔紗，等待下一次吸飽穢汙。

褥瘡確是居家宿敵。我見過護理師於另一案家用剪刀挑開剪去病人腰薦部的壞黑死皮，膿汁應聲噴薄流出，令人心驚的湧泉。無聲傷口隱隱穿鑿皮下肌肉，成穴成巢，漫生至小棉棒也無法觸及的邊界。接著，挖糞。看護說，病人數日大便未解，護理師遂戴起手套，讓病患側身，手指探進肛門口，受刺激的直腸便蠕蠕而動，如擠奶油花般地，將糊狀黃糞成條排出。

一路訪來，千門萬戶，人情百種。王是典型老兵，中風後全癱，身上插放三管，長時被安置於護理之家。他女兒臨屆中年，始終未婚嫁，除回家洗澡換衣外，數年來疼惜如初，每日待在床側照看。王的眼睛還能骨碌碌轉，用它表達知覺或意會。他撇過眼去不看我們，像要抗議換鼻胃管或氣切管極不舒服，女兒即俯身貼他頭側，手撫他腹，大聲鼓勵，「王某某，你最棒。」或極有默契地轉譯他的安靜予我們聽，

「看，他在生氣了。」金花，則是和氣福相的八旬阿嬤，插尿管，獨居於城中一塊雜草坪旁的矮屋裡。半百兒子因事跑路，女兒與她大吵後再沒聯絡，剩一亦年事已高的老友每日來料理起居。去訪時，兩老姊妹瞇著眼，研究手中回診與檢驗單據，爭執著健保卡或私章的去處；另一家，因腸癌而於腹部鑿一造瘻解便的老人，子女四散，負責照顧的兒子開設自助餐店，鎮日待在店內幫忙，卻不願聘用看護，將照料老父三餐及餵藥責任丟給政府補助的居家服務員。為配合餵飯給藥頻率，一天訪視額度三小時的居服員只得將時間拆作三份，按三餐前往。每回見面，兒子總先自憐，「大家擺著不管，老父的事都我在扛。」而難念的經還有許多本，某案家的媳婦一日打來電話，說她搬了出來。原因？「先生早有外遇，家裡每個人都知情，卻沒人告訴我。」她忿忿地在話筒另一端說，因她照顧得實在太好，夫家需要她這樣盡責的媳婦來看護一個漸凍人的婆婆。不甘被利用，媳婦提了行李離開夫家，未幾，婆婆即死於肺部感染呼吸衰竭……

我們亦去探照顧朋友的朋友。印尼來的阿娣，月餘不見，變胖了。她手指比出一個三，大笑著，「三公斤。」每見居家團隊來，她總興奮莫名，因主人白日不在，阿嬤昏迷躺床，我們是她生活中極少數可談話聊天的對象。問她，「怎麼變胖的？」阿娣才說，近來，她可以上夜市去了，每週去夜市的她快樂無比。能去多久？她說，每次二十到三十分鐘——包括往返時間。因而只能又快又準地買回食物，沒得逛街。但她自豪著她掙來的自由，因這是她到此地五年以來，頭一回不是為了倒垃圾而出門。她勇敢地向男主人抗議：「為什麼你可以出門，我不可以？」

「所以阿嬤住院我很開心！」阿娣邊樂呵呵笑著邊用未有修飾的中文說著。「我就可以看到很多其他人，也可以從醫院到外面去！」

希蒂的看護生活則自在得多。她與另一外籍看護坐擁平時主人缺席的大宅，分別照料一個老去的董事長夫人，和一個半身不遂的中年女人。希蒂聰明而極有主見，不替夫人洗頭，總拿錢讓夫人去外面的髮廊洗。遠方的女兒遂提議母親臥房的電腦加裝視訊，可偶爾請看護打開，關心此處的照護情形，卻被厚道的先生擋下，「他說這樣侵犯人權，不可以。」

另一層矮窄公寓裡，車禍後呈僵呆狀態的中年婦人，由一個營養不良的女孩相伴。女孩不時面露驚惶與焦慮，眼睛過度睜著，代替她中文不通未能言說的恐懼。後來我們便明瞭了原因。婦人的兒子無業，鎮日在家玩著電腦遊戲。我與護理師進房瞬間，我瞥見他不動聲色切換電腦螢幕，居高臨下，由攝影機觀察我們工作情形。男人與其姊對待看護疾言厲色，下一秒他們卻能轉過臉來，微笑與我們對話家常，變化之劇，總讓不適的我們速速收拾完畢，倉皇逃離。

朱瓦莉從菲律賓來，會說英語，卻無法以中文溝通。因而，她未能告訴六十餘歲猶體態健壯的男主人，「請把你的褲子穿上。」發現此事，是在幾次家訪後，那昏迷全癱、因關節炎而全身攣縮絞緊並已插上三管的婦人的先生，電話來詢，「可不可以跟太太『在一起』？」護理師猛然一醒，下次再去，朱瓦莉被問及才提起，男主人在家中常只著緊身四角內褲，且藉協助翻身之名，與她的身體不可避免地磨蹭。向男人的子女反映，他的孩子卻答以，父親怕熱，這樣穿著較涼快。夜晚，男人與其妻、看護共宿一寢，理由是他要瞭解患妻的狀況，以及看護是否夜裡起身。因而朱瓦莉總是惴惴，擔心著還未發生的事情，每個晚上，她要撐持到男人鼾眠了才敢睡去。

朱瓦莉沒有權利換雇主。風雨未至之時，護理師只能抄下自己的號碼給她，請她有事必得打來求救。好在，男人還不及行動，他的妻子便已溘然逝去，朱瓦莉被調離。走後，她傳了一封英文簡訊來，說她在鄉下，人平安，請放心。

百姓黎民皆老去，仕紳淑女亦頹老矣。常常，在古都，我們如此輕易就闖進了時光封印的結界。極其自矜的老奶奶無法忍受換尿片時外人在場，去訪她家，因不能目視她清潔會陰而被請出房門；坐輪椅見客，她得再換上莊重服裝戴上項鍊。舊巷深宅，早年聲名赫赫的醫師如今癱躺於床，讓後輩如我敲按肚腹、聆聽心音。還有，在那雙頰陷落面容清癯的老人家中，女兒出示老人年輕時的照片——二吋照中的男人，半身，是個側轉正的角度，多瀟灑，戴呢帽披大衣，鼻眼俊美媚視如在電影裡。翻轉背面，有字寫著：十七歲，哈爾濱。那是老人少年時，還在東北洋行裡做事的片段記憶。

因此我是那麼喜歡在初入家屋時就傾身去看那些相片。那些被壓著、懸掛著、擺放著或藏在皮夾中的，陳列如生命之廊般的相片。畫面裡，他們神色清明，五體自在，與家人親友合照，或身處一段生活切面，經歷一場旅行。病痛來臨前，他們各自眼梢發光，笑得用力。彼時，還無有鼻管、無有切口，彷彿只一回神，床上雙眼翳暗呼吸濃濁的人們，就可以回去。回去、回去再回去，如時鐘倒走，分秒退行；回到少年勃發的炯炯英氣，回到女孩的巧笑倩兮，回到愛，悲傷，勞苦或歡喜——

然後，便回到那有著褪藍牆面的房裡。「……家屬的意思是，除非最後很痛苦，否則不要送醫院。」臺籍的看護婦這樣細聲說著。接著，護理師安置好阿嬤，收妥衛材，從那有著褪藍牆、石墨地的房間走來，坐在客廳裡填寫收據。

那一見便知是個世家遺留的客廳。對開門外毗接一座小小露臺，雕花欄杆，窄長臺面，鑲鋪八角型紅色地磚，樓板空心，踩上去咚咚作響。有風，有光，從露臺穿透進屋，直通後院天井。時值夏末初秋，對流雲系包圍城市四周，天空飽撐溼意，透明雨線安靜降落。

我想像，那便是她看過的風景。曾經，曾經有位青春小姐，梳妝齊，著衣裙，黃昏時分輕快優雅地開了門，走上這露臺眺看。彼時，整座城市都還伏在她的腳底，只路邊燈柱與椰樹交錯植在這貫穿古城的熱鬧街上；家屋對面，臨日本勸業銀行，左近，是頂樓開張著遊樂園的林百貨；順著大路走下去，便是圓環州廳。

一場戰爭還未來臨。一個摩登時代就要開啟。

她記得啊她記得，這條街，那時，都還叫做末廣町。

（二〇一一年時報文學獎散文首獎）

章回故事

有好一段日子，我被通緝。彼時，每份張貼於門窗或牆上的佈告皆有我的姓名，高高懸於前幾位，視線打橫望去，一旁便是我的罪行——未完成病歷，二十本。或巍巍逼近主管爆發的極限，三十本？端看我當月的忙碌與憊賴。

病歷室，位於醫院隱密所在，龐大錯綜，儼然成一城邦，踞地下樓層的某角落。那時節，每每累積一定數量的出院病歷摘要被催逼著繕打，我總要揀意識仍清醒時刻，刷開鐵灰大門，進入晝夜通亮、包藏所有隱私的核心地帶。

得先經過成列成排、一若圖書館配置的病歷架，才抵醫師們補寫功課的工作室。小小房間，我立在那裡，仰望那一牆觸天及地、左右延伸的未完成病歷櫃。櫃子以白色木板分格，如巢密密開展，裡頭層疊收納著故事片段。格子們且在夜半悄悄移動，它們並不固定，隨著負載的病歷多寡，漫溢出來的病歷便得塞進流動的格子裡，暫以某醫師為名。佔格數多者，總被譏為「大戶」——擁有那好幾個格位的病摘債，若不是運氣不好接病人無數，就是個性天真散漫，前債未了，後債又至。

關於出院病摘，我不是最懶於面對的。試著想像：早上八點前到院，病房事處理數輪，待安置好下午的入院患者，離院時常常已是晚上七八點。此刻飯未吃，人睏倦，要不要補打今天出院者的病摘呢？心一橫，還是，算了吧。

於是一拖再拖、拖成愁。院方素知醫師如我性格怠惰，祭出賞罰條則：當天繕打完畢者，微薄賞金獎勵；三天內打完者，不賞不罰。三天後，一份病摘則每日罰扣十元。

乍看蠅頭罰金，本數多時乘起來可不得了。好友最不喜書面工作，又異常懶惰，極盛時期累計八十餘本病摘未完成。算算，每天都有八百餘元從她的薪資裡無聲息流走，看得旁人也心痛。彼時她還是實習醫師，臨離院前，院方警告若未清償這些文字債則不得畢業，她只得痛定思痛，發憤抽空完成。未料，早有患病摘潔癖的同學看不慣她格櫃中滿出的病歷，出乎意料好心地，且無償地，在幾天內悄悄替她全清空了。

偶然，我會在別人的櫃中，遇見曾照料過的病患。於是放下手邊工作，抽來細讀。不知他（她）後來如何？我照頁次翻開，每次入院紀錄，頁緣均夾一小卡，彷若章回。我讀著每回由不同醫師接力寫就的故事，在那些語調盡力秉持中性、句法總為英文倒裝的書寫中，想像病房中發生的周折。發燒、感染、休克、血氧不足、心肺復甦、插管。所有該當驚心動魄的，都化成平淡文字，讀來卻令人悵惘。闔上病歷，封面赫赫紅色「死亡」字樣。章回已了，故事說完了。這一次，輕輕擺放，我們與他們就此別過，再沒有下回待續。

（二〇一一年林榮三文學獎小品文獎）

酒鬼紀事

警衛大哥過來，啐道，「你怎麼還沒死？」接著，便走了開去。

一個男人被遺落在那裡。我遠遠望見，男人肢體蠕蟲般翻動，輾轉呻吟，癱躺急診走廊邊的病床上。走近去，四周儘是他腑臟裡酵出的酸臭氣味。昏沉男人，焦褐粗礪的臉上，眉骨劃開一道淋漓殷紅，淌著血珠。問起來由，是醉後從二樓陽臺翻落，顯然那傷勢太小，亦太輕。

那是我第一次遇見黃。黃擁有一個酒鬼所有的特徵，酒氣，銅鈴眼，赤面，無賴性格，胰臟炎，只缺朋友。很快地我就發現，全病房的人都認識黃，他的名字就像一則人人諱言的惡咒。且彼時我尚未知曉，在這座醫院裡，我將一而再、再而三地與他相遇。

知道他將入院，所有的護理師便皺起臉來長吁短嗟，哀怨細述男人過去的罪行。他從不付住院費用。他亂按鈴讓大家疲於奔命。他要求很多。他吃免費的病人餐點。他進醫院洗免費的熱水澡。他向護理人員借錢。他恐嚇其他病人或家屬向他們討錢。他要求開很多的藥……當這些都發生過後，他會在某一天不告而別。

於是那天便從記憶中蹦現，原來我在急診處見過這男人。我翻看他的紀錄，厚重如磚的病歷，無非不是喝酒腹痛因而頻繁入院的證明。紙張啪噠啪噠掠過我的掌心，整本冊紙被急診單張塞滿，男人從不看需繳費領藥的門診，他樂於從急診入院，住院幾天再倏地消失，留下從不償還的債讓社會替他負擔。那中間甚且夾雜著多張粉紅色的救護車出勤紀錄，通報者，黃。原來是他大醉後，只要腹痛發作，他便啟動醫療系統將他一路浩浩蕩蕩載到醫院來。

老病號，擅飲者。我知道，踞坐病床、以大聲咆哮和無間止的抱怨來包裝最後尊嚴的黃，他的胰臟，就快要徹徹底底地壞去了。那枚窩藏在胃後方的長型臟器被酒精蝕透，歷劫無數次，細胞盡毀敗，再不會有急性胰臟炎初發的驚心動魄，頂多是波浪般起起伏伏，幅度愈來愈小的肚痛。頂多是，因為再也無法分泌胰島素而引起的糖尿病。病痛如此來去，黃早了然於心，是以他總自行決定禁食到何時，決定進食何種食物，決定何日該出院。與他周旋數日，當我們覺得他的慢性胰臟炎應當好到可以回家的時候，他站在醫師室門口，挑眉，瞪大了鈴鐺般的血色雙眼，囑我應好好治療他的咳嗽。

他說，「你不知道我打一個噴嚏就能把天上的飛澪機震落來嗎？」

黃總愛說他是對面建築工地的工頭。色調晴朗的日子，我站在高樓窗邊，看馬路對岸正起落著鷹架與鋼筋。另一座醫院建築就要被建立起來了。層疊蓋起的廣大樓坯，數十個頭戴著安全帽盔的人籤在其上行走、攀爬、搬運、互相吆喝，做著無聲而出汗的勞力。我不相信黃的話，但主治醫師說他心裡有幾分信的，因為黃無病痛時溜進醫院裡來看電視，遇見他，「有時還會跟我解釋對面的規劃和工程要怎樣進行，」然後，他把正在查房中的主治醫師拉到一旁，商借個幾千塊。

無賴男人不只索討錢財，尚且需索其他。主治醫師說的，曾有個男人，反覆入院來，早失去所有親友的理睬。每次探視，醫師總例行勸說他別再喝酒，他也隨口應答著，卻一再出出入入。終有一天醫師宣布，誰都不用再勸他了，從此人人對他極淡漠，連護理師進出病室也都止於換點滴發藥，對戒酒一事隻字未提。沒有料想到的，是男人竟有一天悄悄地在病房裡割了腕。人沒死，卻因而轉進了精神科。

離開了腸胃科病房，到精神科輪訓的那個月，我認識了另一名面目相仿的男人。與其他嗜酒者如出一轍，三十餘歲的男子，形貌經酒精長年浸洗，早早衰去一如四五十歲的哀傷中年，一口蛀齒染上檳榔紅黑與菸黃，零落寥敗，只能從濃密的眉髮和鼻眼間看出，依稀也有澄明開朗的五官，也有俊挺的輪廓線。

男人因酒精中毒住院。初來時，顫抖，譫妄，受癮頭煎熬；之後人醒，酒被禁飲，則時不時跑來護理站討菸吸。他常說，「我不會再喝了，」「我這次回去會好好找工作。」他一遍又一遍鄭重而乖順地對我們說著他的誓言，轉過身去，卻剎時變臉般地，大聲斥責挑剔專程來探的妻。他的妻子和女兒帶著午餐，束手立在護理站邊，而他總在眾人面前把害怕的她罵得更加驚懼，彷彿如此他便至少比妻再高一等級。我靜靜地注視著酒鬼之妻，她們彼此的樣貌也都驚人地相似，因而那張臉我必定在哪裡見過——那像極了許多年前住在舊廍里、後來終究帶著女兒離去的三舅媽，面對酒性上來時的三舅、撿起路邊的紅泥磚揚手就要朝她摜落的怖懼表情。對自己的女人，他們或責打、或詆毀，但他們離不開她們，必要時他們仍會抱著她們哭泣，因有些時候他們才是無助的孩子，而她們是他們孤單王城中最後的臣民，朋友，或者母親。

月末，沒有例外，出院的男人被送回了急診。躺在床上，眼眶爛紅的男人沉默搖頭，妻子短暫離開打理一切時，男人才泫然承認，他又喝酒了。語畢，男人憤而一拳捶牆，鈍實的肉擊聲來得教人驚心動魄，多像連續劇碼，「去親戚家找工作，被人家看不起，」卑微的男人當下只能薄著臉皮離開。晚上，遂藉驅趕悲傷之名，再度鬧起酒瘋，接著，被手足無措的妻子送進醫院。

這些反覆進出來去的男人們給了我一種生命力強韌的錯覺。彷彿再多的挫敗或病痛都無以拗折他們的心志，回到日常軌道；或者，再大的教訓都如宿醉般，醒來便消褪無蹤。然實際上亦如此，酒鬼不死，只是凋零。我站在走廊上，望向那被一個個隔間分開，病床上互不相涉的孤絕身影，那是新舊酒鬼交接之處，酒鬼初生之地。他們也許會被肝癌、胰臟炎或敗血性休克擊倒，但本質上從沒有真正死去。酒鬼們會如死靈附身一般，一個個復活，然後再度回返。那是一隊被誘惑而且永不滅絕的龐大鼠群，一個走了，就會再有一個遞補進來——總是會有過早衰敗的靈魂以生命為注，加入他們，成為那彼此同情，彼此看輕，彼此理解，卻又彼此無法得到救贖的一分子。

很少的，在那些典型裡，偶會有質地良善、迫於生活方式而飲酒出自無奈的男人。朋友說，幾年以前他遇過一個鐵板燒師傅，溫厚而純樸的中年人，少年時期便離家北上，熬出病痛才返來南部治療。在臺北城的幾十年裡，因為工作環境和應酬方式的緣故，長年飲出了不可治癒的肝硬化。那不同於其他酒鬼兇暴脾性的和善師傅，憨胖的體態，說話禮貌而謙卑，卻總自豪著他的鐵板燒技術，也許惦念著練就數十年輕巧甩轉刀鏟、在熱燙鐵板上煎炒的花式技藝，他一再地向醫師承諾著，「以後，以後請你吃鐵板燒。」

然而，以後的事始終沒有到來。那是幾個月後，朋友從他的家屬那裡打聽來的。

一如探聽他人的故事，我們也猜想著黃的結局。朋友離開醫院後，偶爾還問起，不知黃是否跟從前一樣，時不時闖入急診，佯稱有病，為討一張床躺臥過夜。彷彿我倆在談論這醫院裡的某種風景，我說，好久沒聽見急診廣播黃趕緊回去的全院通告了，會不會這次他真的走到盡頭，所以再也沒回返來？

那年夏天，醫院對面的新建築終於蓋好。新舊兩幢大樓間，相銜以一座天橋，天橋末尾的牆面上，鑲有一幅刻上所有工人名姓的陶版壁畫。記起了黃說過的，某天，我真的停下腳步，在那幀壁畫前細細找尋他的名字。從左至右，從上到下，沒有，就是沒有黃的名字。離去的時候我想，黃終究還是在騙人吧，他不是這裡的工頭，還是，他發生了什麼事，在工程結束前他就不在了呢？

那樣的謎懸宕良久。直到某一天，陽光豔亮的下午，我從院外的馬路口越過，在那轉角，日光被所有器物表面折射逼眼的瞬間，我瞥見白茫茫的光線裡，被隱匿起的一張臉。僅只那一秒，猙獰的表情，緊蹙的眉眼，彷彿一個印象中的人。想再回頭確認，卻又怕直接得太過失禮，因而遲疑著往前走了幾步。最後，捺不住自己的好奇心，我仍忐忑回望過去——

遠遠地，就在那花白的光暈裡，男人點起了一根菸抽著，白煙蓬蓬散出，包圍了一切。我狐疑地眨眨眼，好像看見了什麼，好像，又什麼都沒有看見。

非關浪漫

我們走在晨霧裡。砂石徑綿長，通往悉達多的出生聖地。清晨七時許，涼冷的水氣還未散去，大霧如牆，白皚皚地遮去了兩旁灰青的樹影，和更遠更模糊的湖。瘦小的印度男孩追上了我們，在列隊的最末保持著一定的距離，縈繞不去。他的身軀黑乾而薄板，睜著濃睫大眼，跟著跟著便開口唱唸起了「南無觀世音菩薩，南無觀世音菩薩……」。那梵音聽來熟悉，與中文幾無二致。我們沒有出聲，沿路只有沙沙的拖行步伐，獨留男孩孤弱的聲線在乾季微寒的空氣中顫抖。

雨季剛剛過去。十一月中旬，我們輾轉來到尼泊爾的西南方，與印度國境相距僅半小時車程的藍毗尼（Lumbini）。夜行車在未有柏油鋪蓋的鄉間路上卜卜跳動前駛，未燃盡的柴油氣味與煙塵嗆入車廂。我望向窗外，無邊闃黑的夜色吞沒了低矮的房舍、乾枯的田，以及趴伏在地、早已睏去的瘦癟牛隻；偶有路邊跳竄的火，或雜貨店半掩門扇流瀉出來的光，熒熒點亮巨大灰黑的廣漠田野。

朱紅的袈裟在丹曾的腳邊騰捲飛繞。年輕喇嘛，剛滿二十五歲，瘦長臉理平頭，笑起來生嫩羞澀，正在加德滿都的國際佛教學院念書。十三歲時，他和爺爺跨越山嶺，趁冬季邊防薄弱，走了三個月的冰封山路逃出西藏。他說，帶我們來看看帳篷區的日常，眾人落腳十餘天的地方。

丹曾領我們步入林子之中。在我們之前，來自世界各地的信眾早已抵達這個邊界小村。朝拜人群數以千計，挾帳篷、睡袋，穿行邊境，為慶祝一年一度佛陀誕生的聖典，在歸為世界遺產保護區的林地裡紮營。我們漫步其間，林地裡樹木光禿稀疏，帳幕一頂頂撐起，色彩斑斕鮮妍，篷內鋪了稻草隔絕濕泥，草上就是一條條睡袋；帳與帳間懸吊繩索，晾曬未乾衣衫。有男人打著赤膊，汲幫浦取水露天洗去頭身髒汙；那些晨起剛洗完髮的藏族女人，坐在稀薄的日光裡，垂下濕黑濃重的長髮，互相梳理打辮。

軟而無聲的雨絲持續飄落。我們腳踏泥濘黑土，不遠的樹下被掘出一個大坑，坑面浮著數日來的油水、瓶罐、各式廚餘，被剁下而腐爛中的菜葉傾滿一側坑緣；露天廚房正在開伙，幾個人圍著桌子切洗食材，大鍋爐都噴著煙，滾著黃澄澄的咖哩或豔紅的蕃茄湯，廚師們立在鍋旁拿著長杓不住翻攪。那沸騰的食物蒸氣、腐朽的菜葉，混合人們的體味和隨意便溺的腥臊，醱酵成一種濃厚霉味，充騰在清晨的空氣中。

去年此時此刻，更多的人群從各地湧入藍毗尼。超過五千人的群聚，加上意外的連綿大雨，讓腸胃炎及上呼吸道感染等傳染疾病倏地爆發開來，一如地上黃水橫流。有經驗的團員叮囑我們別亂走，以免不小心步入他們解決便溺的林野深處。我望向林子後方，一支模糊人籤在後方的土隴上踟躕行走，腳步恰是張望的節奏。最終，他的身影在上下起伏的土丘間消失。

這是我們隊伍出發的第三年。藏傳佛教的薩迦法王寫了信來，由於每年佛陀誕辰時於藍毗尼園舉行的法會總有為數可觀的僧眾群集，易釀成傳染災病，因此望臺灣的醫院派遣醫療隊，以義診形式於法會期間進駐數日，控制感染，緩解眾生病痛。

於是今年照例成行。有了過往的經驗與資料統計，我以為這趟任務並不特別困難。抵達藍毗尼的深夜，靠著喇嘛們的打點，一行十數人的醫療團員從擠迫的廂型車上下了行李、物資，搬進薩迦教派的住宿地。夜裡，猶亮著燈火清點衛材與藥品、共同商討次日開張的動線及可能遇上的諸多微瑣細節。

隔日清早，以及之後的每一個霧氣深遠的清晨，我們皆在天未亮即唱誦的法會眾禱聲中醒轉。梵文的禱唱有奇妙的穿透力，像是懾人心魄的重低音，匯合了龐大的鼻腔與胸廓共鳴，包天覆地，吸納了這空間裡的所有質量。起身開門，法會上早已席地而坐手持經文齊口唱唸的上千紅衣僧侶，眾聲轟然，草葉上仍有露珠。

我們搬排桌椅，動手設站。幾位護理人員參與過海地震災救難，三兩下就能把簡易的醫療站設定完成。藥師們在檯面上羅列藥丸藥膏藥水，確認領藥流程。不諳此地語言的醫師，為要問診，得有能通中英文的喇嘛作為居中翻譯。所幸，我們遇見熱心的青年喇嘛丹曾，他再去露營區裡找來數名年輕喇嘛擔任志工，排排坐好，臨陣學習各種主訴及病史意涵。「Cough is……」學長抱胸示範著咳了幾聲，喇嘛們遂迸笑開，在紙上以符籙藏文註記咳嗽與英文的聯結。

原始荒疏之地，醫療隊前來義診的消息如風沙飛散。自看診第一日起，不分老少，法會附近各地湧來的僧眾便排成長龍，等著解決急性或長年積累的病痛。訊息隨時間擴散，漸漸地，更遠的、藍毗尼當地的其他住民亦趕赴義診會場，把握機會看病取藥。那一排穿著寶藍銘黃朱紅紗麗或披掛各色僧服袈裟的人們，族裔可能來自印度、西藏、尼泊爾或偏遠山區，因而翻譯時時變換聲口，與病人對談著我們不懂的語調，再轉成英或中文回報。遇上連他們也不太能說的，再拉來個幫手延長語言列，我們遂在三至五方雜沓人聲中完成一個又一個的診斷。

多半是肢體痠痛。以勞務型態生活居多的人們，外貌已超齡佝僂老去，被砂礪或其他什麼深深地紋刻。他們指指頸背或雙膝，表示長久的痛，要求少少幾粒止痛藥丸，加一管痠痛軟膏。感冒與腸胃炎也常見，料想群聚還是散播了些傳染，只不過和彼時雨後爆發的態勢相比，此次的疫情緩和許多。我們不怕感冒，倒害怕這麼大的團體會加速肺結核的流行——文獻裡說，在尼泊爾，肺結核仍是個公衛議題。於是每例的未癒久咳及發燒總要被確認再三，現場沒有X光，只能遞出張英文寫就的肺結核症狀，請翻譯者力勸疑似病例務必到城市裡的醫院檢查治療。

我未輪值看診的時段，便抄起相機，簡單攝錄診療實景。鏡頭下，老婦說她從大吉嶺來，地圖上著名的產茶地。婦人看來無病無痛，血壓一量之下衝破兩百多。此地血壓高者甚多，尤其發作年齡降至極年輕的二十來歲，老婦只是其中一例。猜想或許是食物太鹹太油，才讓近百分之四十的病患都有了高血壓的可能。

結束診療時，夜色正降臨藍毗尼園，隱匿的蚊群嗡嗡然撲捲而來，我們遂噴上防蚊液，預防自己罹上瘧疾。一行黑影在暗去的鄉徑上行走，不時有大型巴士沿路鳴嘯著音調誇張的喇叭疾馳經過，由遠，而近，而遠。翻譯圖坦走在我的身側，他年近四十，從西藏逃至印度，沒有護照，無法回到家鄉。圖坦有著圓圓的笑臉，戴著眼鏡，披上朱紅袈裟，看來像個溫和的智者。「Rinpoche（仁波切），就是jewelry（珠寶）的意思，那是很珍貴的，」一路上，他與我討論著轉世種種，一面，圖坦揮著他肥壯的手臂，在路上替我驅趕那個緊緊跟著我們的印度小女孩。小女孩亦如無聲蚊蚋，若即若離，時不時要伸出手來拉人衣角。

團裡的學長W，過去一年待在非洲的聖多美群島，也參與過其他海外醫療活動。W說，其實西方世界並不鼓勵推動海外醫療。長期對某個國家的醫藥援助與救難隊不同，諸如南亞海嘯或海地的震災救援有其時間性的必要，但對公衛環境落後的國家來說，仰賴國際志工或醫療團體的長期幫助，有可能剝奪該國發展醫療的能力──當人民發現國外來的醫師義務看診、發放好用又免費的藥物時，是否也間接導致了當地醫療活動的慘澹？然在此萎頓的醫療產業裡，為維持醫療單位的成本及運作，再倚仗著人民普遍的衛生知識不足，當地的醫療費用很可能會被節節哄抬──後來我們知道大多數的人是上不起醫院的。診療中，一名老婦帶著前頸的腫塊而來，專精甲狀腺疾病的外科醫師替她做了超音波，從那影像的質地中指出她極有可能罹患了甲狀腺癌。我們建議她去開刀割除，但婦人搖頭，她付不起手術費用。打聽之下，此類手術在尼泊爾的價格約合臺幣六千多元，對外來者如我們而言，金額並不龐大，然這僅是老婦的問題，抑或整個國家的問題？

或許，這問題是關於慈善，氾濫的慈善，以及氾濫慈善所帶來的後果。

（事實是，僅有少數國家在經過外邦的醫療援助後可以獨立站起，發展屬於自己的醫療能力。臺灣，便是其一。會否有人心中還留存著一個畫面：戰後，當小飛機裝載著美國製的ＤＤＴ藥劑升空，飛臨島嶼的上空並且噴灑，那時瘧疾仍是這亞熱帶小島的「風土病」之一。而後數十年，瘧疾已在這塊土地上徹底絕跡，連同霍亂，以及其他因公共衛生而猖獗的傳染病，都隨醫藥的進步，遁隱成了歷史名詞。其後，臺灣更進入了慢性文明疾病的階段，除了隨季候陣發的登革熱、流行性感冒，盤踞十大死因的已成了惡性腫瘤、心血管疾病、糖尿病。）

在這平均壽命只有六十餘歲的國家裡，人民需要的或不只是及時的物資，他們更可能需要一種對於健康及疾病的自覺。在加德滿都深夜的路邊，人們習慣以火露天焚燒，不論垃圾中是否混雜塑膠等不可燃物料，於是夜間空氣總飄散著戴奧辛氣味；白天，未燃盡的餘灰和街上的土沙隨車行揚起，向每個人的鼻孔竄去。田野間，人們輒因飲水的汙染腹瀉，或因蚊蟲叮咬後未及時清理傷口而釀成膿疱、衍生成致命的蜂窩性組織炎。更別奢求慣吃高鹽醃漬食物的人們，多少注意自己的血壓、預防心血管疾病……

我們將投影機的電源關上。大殿中，悉達多悟道的繪飾環繞，上百名小喇嘛剛剛聽過糖尿病和高血壓的衛教，學了急救哽住氣道者的哈姆立克法，此時，正興奮地蹦蹦跳跳。他們將來都會回到自己的寺廟中，成為傳襲知識的一分子。也許，也許歷經這樣一年年的灌溉和積累，當知識的種子茁長成自主意念，有些什麼，將在這個國家的子民身上，慢慢地被改變。

這個國家的首都聚集了許多慈善團體的據點及工作者；而小村納加闊特（Nagarkot）的山道上，外來者的糖果紙與飲料罐綴滿路途。閒步至此，我們遇見了山道上的孩子，一男一女，約只五歲到七歲間，焦糖色的皮膚，圓圓臉上長睫深眉，穿著湖藍色學校制服，辮子紮著白緞帶的姊姊拉著較矮的弟弟，看見外來的人們，極其友善地與我們打招呼。男孩看我們舉起了相機，毫不懼生地面對鏡頭，伸出他的右手比出搖滾的手勢，擺了擺，嘿，是Rock。我們想，是從哪裡學來的吧，朋友，電視，還是遊客？接著，他說，「Can you give me more candy？」佐以一個天真但仍摻帶目的性的笑容。

你可以多給我些糖果嗎？

但是，可以不給糖果嗎？如果沒有糖果，肚子餓的你會自己想辦法嗎？

願佛祖與四眼天神看顧這一切，保佑大家。

熱病

曾輪訓過內科的人會記得這本薄冊子——口袋書大小，蠅頭英文排列細密，逐年增修改版，每年不同顏色的封皮上標註：The Sanford Guide to Antimicrobial Therapy（抗生素治療指引），中文名，《熱病》。我喜歡這個名字，古老的稱謂，簡潔而直白，一如令人又黃又熱的「黃熱病」，或漫生黑斑後死去的「黑死病」。那時，每當得在抗生素處方箋上填入藥方，我會從口袋中掏出這本手冊確認劑量。改換已超過四十版的它提醒了我，對抗不斷復活且纏擾人類的傳染病，那是多麼久長的歷史。

傳染的疾病，可怕的瘟疫。

李厄醫師踩到了一隻死老鼠，那是春天裡的某一日。很快地，奧蘭城裡的鼠群奔竄，屍橫街頭。接著，有人開始出現症狀，他們發燒、鼠蹊腫大、皮膚冒出黑斑。這表癥如此熟悉，卻不完全典型。城裡的醫師又驚又疑，這是否真為黑死病？因他們相信，縱然歷史反覆，但在西歐鼠疫已經絕跡。辯論、質疑，他們花了好長一段時間才肯定了這駭人想法，畢竟，一如在臺灣已消失的瘧疾、霍亂及狂犬病，在一塊全無免疫力的土地上，那意味著即將來臨的大爆發。

有場大爆發，我記得。大三那年，怔怔站在便當店的電視螢幕前，看著新聞報導，一種未知的病毒傳染。死亡人數逐日上升，在中國與香港，屍袋被一一抬出。來歷不明又態勢洶洶的病原，讓研究者們急於釐清它的結構及屬性。結論，是某種冠狀病毒的變異，病名，他們定其為ＳＡＲＳ（嚴重急性呼吸症候群）。

如後來所知，那是活在世紀初的我們所歷最大的一場瘟疫。女同學溫書至深夜，穿行過醫院準備回家，她看見，數個醫護人員全副武裝，面戴N95口罩，疾推一床病患進入大廳。接著，警告以封住通道來到，醫院與醫學院間的出入口俱被鎖上。全民量體溫、使用酒精製劑洗手、並在衣襟黏貼安全貼紙的時代續而來臨，課堂上，電梯中，擁擠的捷運站裡，人人戴口罩，沒有面目，只露出惶恐眼睛，注視籠罩所有人頭頂的惘惘威脅。感染科的學姊下班回家，與其母相隔不同房間，同住一屋簷下卻不碰面，她們只以手機通話。

類似的死亡恐懼，卡繆這樣描述，奧蘭城裡，人們以級數法則死去，沒有足夠的墳墓以供埋葬。大量屍體放上電車，噹噹駛過，直接開入火葬場。焚燒的黑煙則伴著氣味升上天空。

「……葬禮最特殊的地方是它的速度，一切形式幾乎全免。黑死病的犧牲者是在跟家人分離的狀況下死亡的。」奧蘭城民知道，為了對付這顯然經由接觸傳染的疾病，患者須被隔離。而一旦罹病者被拉出家門，家人得以再見之時，除非他們已康復，否則便是死後。

我想起那則訪談，於ＳＡＲＳ中殉死的年輕醫師。他的家人們在電視上流淚，說，最後啊，他們也僅能隔著隔離病房的玻璃，看著死去的他。

但我們必須承認，面對新型細菌或病毒，第一線的醫護人員所知道的，並不比一般民眾多多少——對於未曾見的，醫護人員亦一無所知。

「我們不需要知道它是什麼。我們只需要知道現在必須做什麼。」關於這點，李厄醫師並未說錯。因此，即便在一九四〇年代、醫療未若今日發達的時空下，李厄醫師仍提出隔離建議，並嘗試替病人施打新的血清。然而瘟疫究竟何時終結？不停奔走的疲倦李厄並不能預料。那場封城熱病，超乎預期地撐持了大半年以上，直到眾人皆逐漸麻木、絕望且癲狂之際，它卻一如來時，毫無預警地，突然冷卻了。

究竟是為什麼，也許，是屬乎神的問題了。李厄醫師決心記下這一切，「不過，他知道他所要講的故事不是一個獲得最後勝利的故事，而是人必須做什麼，在那永無終止的戰鬥中必然還要反覆再做的事。」

啊，那麼這也並不會是最後一個描述勝負的故事。入冬，新型流感再度來襲，只是今年，大多以B型之姿傳開。疫情持續受到監控，克流感的發放準則隨著疫情起伏不斷更改。我拉上口罩，在發燒病人遽增的診間，聽他們訴說自己的症狀：全身痠痛、發高熱、乾咳、虛脫。他們問，「可不可以驗一下？我會不會是B型流感？」

恐懼之色如此之烈，所以我知道，它們會來、會再來，這些由於空間的擁擠、生技的進步以及交通工具的運輸速度，因而復甦或新興的傳染。《猩球崛起》的片尾真實模擬了人們所害怕的——一場不合法的活體試驗後，致命的變種病毒傳播路線如星火迸散，隨著飛機繞行而迅速輻射這地球上所有航班可達的陸塊。

於是，在我們的肉眼看見前，它們便已抵達。

失格夢魘

數學考卷發落。說好了，這次是補考的，一模一樣的試題全部從頭來過。我定住眼瞧，焦距內，題幹的邏輯我半點也不懂，解題步驟混成一團，揪不出頭緒，於是根本無從下筆，愈考愈心慌，怎會這樣？眼角餘光，模糊瞥見旁人都振筆快寫，沙沙聲中，我的恐懼逐層加深。眼見整張紙空白著，時間滴答而走，斗大數字竟莫名從視野中浮現——四十二。就只四十二分嗎？我的手愈捏愈緊，又慌又顫，冷汗大作，最後憋不住地深抽了一口氣。

睜開眼。是夢。

我是善夢者，多夢卻又能指證歷歷。我記得那些童年起始便不斷被複製的夢境：在未知的場所迷路，總是錯過正確相銜的交通工具、因而被岔向更遠更迂迴的旅途；或者與同行者散失，只留我一人，慌亂無措地來回找尋出口。又譬如稍長的我，常在夢裡被困於無法停止竄升的電梯，夢見自己齒牙動搖盡數脫去，還是下腹痠脹，四處兜轉仍找不到合適的地方便溺。

反覆看見這些，彷彿有什麼核心主題，或旋律再現。熟悉精神醫學者，也許可以診斷我處於何種隱隱焦慮中，否則為何每隔一陣，相仿情節便於沉睡時搬演？細節稍改，架構不變，像是同個場景只換張外皮，等我夜半摸索回去。那群固定出演的班底會站在夢裡，森森笑著，張口齊聲對我說，歡迎再度光臨。

那年夏天，沒費太多力氣地，我順利從國中保送入高中，符合父母與師長的期待，走出社區巷子，穿上綠衣，展開搭公車越區上學的生活。高一高二，我過得生鮮燦爛，社團、遊學、科展，每天忙進忙出，卻用更少的精力準備考試。回到家，題沒解，課未背，書桌前一坐，恍恍惚惚瞌睡去，直到母親尖聲進來把我罵醒。父母怕我持續放縱鬆弛，遂以威嚇代替鼓勵，下了嚴重通牒，他們說，除非考進醫學系，否則大學也別念了。我信以為真，整個高三，便長時在淚水與爭吵中度過。

但嚴格說來，一路讀書至此，過程還不算踉蹌，至少我明白只要定下心神，結果仍可以不那麼狼狽。後來上了大學，頓時南移數百公里，沒了父母盯梢，全身毛孔新鮮開闔、興奮賁張。彼時，我和同學一起瘋得像典型新生，蹺課的蹺課，夜遊的夜遊。大一大二的共同科目與通識課程並不困難，國文英文普生普化，通常只要考前一兩週靜心來讀，總能有不錯成績。

因而我沒意料，那歷屆傳說中考試地獄般的大三生活，會徹底擊潰我的讀書信心。

過了二升三的暑假，領到厚實如磚的原文書，手上課表總算有了醫學系的模樣：大體解剖、組織學、生化。這學期僅有三門課，科科擔當沉重學分。換言之，任一門不及格便得暑修，暑修未過則延畢。如此有力恫嚇，我們在這前提下，不得不收拾起前兩年的玩心，準備就此認真讀書。嚇醒了不羈孩子們的，還有永不停止的期中考試。那半年的測驗日期一羅列，三學科輪番交替、每兩週便一次的大考，教人撲撲跌跌、無法稍事喘息。

如今回望，我仍記得那行軍般的課程進度：大體解剖，每日上課，佔去整個上午。前兩小時在講堂中飛快講解，後兩小時移師實驗室，操刀解剖。每天每天，課文再往前浪翻五十頁，當日內容回家後必得馬上追趕——那些讀來嶄新卻實則古舊的拉丁名詞：血管，神經，肌肉，骨骼上的凹槽與溝紋——否則愈積愈多，補也補不起來。

不只解剖學，組織與生化亦然，輪梭般的前進速度，讓每個人交感神經皆調緊，班上倏地瀰漫肅殺空氣，戒慎看待所有影響成績的小道消息。許多人辦了K書證，留在醫學院K書中心念書，用完晚餐便一頭栽入，直至深夜。大考前夕，更是眾人的體力賽，勉力徹夜趕讀，不支時趴睡片刻，再起身打拚。夜半躡聲出去取水，看見男同學大剌剌癱躺沙發上，女同學則趴伏桌面，一手仍弓著掌心、握持手機。她等著十分鐘後被鬧鐘叫醒。

第一次組織學期中考前，我與眾人齊在K書中心過夜。那時茶鹼與咖啡因對我仍然有效，我靠兩瓶綠茶撐持，苦背細胞裡的種種附屬器、受體、離子通道，直至窗外天色灰藍透亮。從安靜清寂的K書中心座位上迴身，我們眼圈浮腫泛黑，帶著睏倦，直接下樓考試。

彼時，我仰頭就流出了藍色的眼淚。因為即便我辛苦追趕，用盡所有時間氣力，也無法交出任何好看成績。解剖學的答題經驗是個恐怖創傷——我的視野一片白亮，整張原文考卷至少五十題以上，冗長題幹讓我分心，蠕蠕相似的拉丁文答案令人難以決定，最糟糕的是明明記得自己曾在哪個段落讀過，卻未能記準細節、做出唯一選擇。來來往往，心慌的我始終不能肯定下筆，末了，甚而連題目也看不完，只能胡亂猜題。

那樣交出的試卷不會太好看。五十幾、六十幾，我每回的解剖學成績皆如此，為此我整學期提心吊膽、明白那是不經老師慈悲調整可能便過不了關的程度。然而同樣的大考中，亦有同學能夠次次拿下九十左右的分數。有人擅背，雖讀不快卻記性驚人，考前只需好好讀過一次便能上場；有人念書奇快，一晚可以掠過上百頁原文書，因此仍有餘裕複習；少數人則可用「有天分」來形容，譬諸某男同學，時任校隊主將，大三時猶一週數晚練習排球。這樣的他，據說空間感絕佳，只需看過書中的彩色解剖圖譜便能回答文字問題，可細細指出哪條血管走在哪條神經旁邊、遇到什麼分岔又如何彎折……

然我以上的類型皆不是。深冬，我把陣地移回宿舍。每晚課後，我走至巷口，包回便當，坐在書桌前吃盡，接著打開課本，開始讀書。某幾個夜裡，為了甩脫那種長時將我沉溺的無力感與孤獨，我牽出腳踏車，在學校的操場上，繞行一圈又一圈。

垂擺在及格邊緣，我只能打電話回家哭訴。母親一改過去要求甚嚴的慣性，頭一次說，「能過，能畢業就好了。」我為這話無比感激。男同學告訴我，他打回中部老家，他的父親安慰他，唉，念不下去的話，至少家裡還有一塊田給你種哪。另一女孩說，她邊哭邊讀，好氣自己念不完，結果哭到眼睛瘦腫，便失守睡著了。

學期末，態勢漸漸明朗，我的大體解剖低空飛過，不需暑修。但我的信心早已蔫死，自根柢整株壞去，打從心底不相信自己能再考好。縱使大四之後，筆試分數稍稍有點起色，而自大五進入醫院見習，分數幾近主觀給分，於是個別差異不再明顯，每人皆落於八九十這般區間……

不知不覺，我竟週期性地作起無法應試的夢。待我發覺，它已牢牢生根，抓附我的腦髓，拔也拔不去。

一晃經年。距離畢業後那場勞心瘁力、令人全身緊繃的醫師國考已經四年有餘，去年年底，我又得進行閉關，認真讀書近兩個月，除工作念書外，其餘邀約遊樂盡量不碰不聽不答應，所有空檔皆坐在桌前，為對付家庭醫學專科考試。儘管自律若此，我依舊讀到心焦異常，煩躁不安，只覺年歲稍長、記憶力速速滑落，直想迎戰來個大解脫；卻又不住要時時揣想著：筆試與間隔兩週後的口試，這折騰人的分期關卡，究竟過不過得去呢？

十二月中，住院醫師們慎重以對，北上赴考。口試間裡，我們接下考官時而凌厲時而寬容的問題，答得肉跳心驚。結束時，考官們低聲商討片刻，隨後跟出的考場助理則一臉笑意，「某醫師你可以離開了。」她的話語像極解咒令，我箍緊的全身肌理和竅目在那一瞬唰地全鬆開了。步出考場，戰友與我在街頭同聲舉手歡呼，我欣快地想，這或許會是我最後一個至大至重要的考試？再來，我想不到了。

暫時，我忘得乾乾淨淨。

偶然，心念陡地一轉，我會記起這件事：聯考前，補習班找來當屆大七的學長，意在為浮躁的大家打氣。那些艱困克己的讀書經驗怎麼說的我都忘了，惟記得學長提起，即便他已念到大七，有時，他還作夢，夢中仍在重考班與聯考拚搏，繼而夜半驚醒，一睜眼遁回現實，才發覺自己好好躺在床上，醫學系都快畢業了。

原來，忘不掉的，不只有我。

只在掙開那當下，我們會把它忘得一乾二淨。然負傷的回憶成了夢，紀念了這所有。它要提醒，它要反覆，就算肉身苦痛已過，恐懼也會潛入深深意識裡，划著四肢，時不時露出水面，齜牙換氣。

所以我知道，那些夢都會再來。如張愛玲說的，它像一隻來訪過的獸，認得了路，在許多個夜半，抽動牠的鼻頭，咻咻地嗅著牠來時的路徑。

牠回來找我。

輯二・醫室流光

私房藥

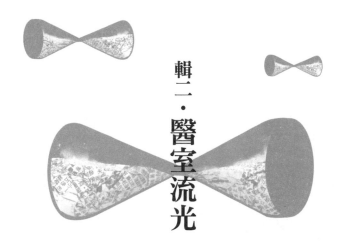

平原上

車子駛上道路，迅即被一片濃淡綠意包圍。稻葉綠、新綠、黃綠、泥褐綠，波浪一畦畦湧向天邊。九月了，西部平原的陽光仍金熾熾。這裡的秋天來得晚。

產業道路通往莿桐。每週二早上八點半，我們自醫院啟程，小小廂型車裡，備有藥箱、電腦、護理人員及醫師各一。那是一週一次的偏遠醫療。地點，選定平原上兩個未有診所或衛生所服務的村落。當地居民每要就醫，得開上半小時的車，再加上至大醫院排隊等候與返回的時間，「麻煩！」他們常這麼說，務實的農民們擔心田事因而一天荒廢。

其實偏遠醫療的理由並不偉大。起初，它因應「醫院評鑑」而生。過程彷如軍事操演、校閱，形式大於實質意義的各級醫院評鑑，總讓手忙腳亂的醫院們硬生生變出一些政策來應付繁雜瑣碎的評估項目，評鑑結束了，政策卻不能因此廢去，醫療車仍得駛往鄉間道路。好在當地居民給予正面評價：「有你們來這裡，拿藥方便了些。」為了生活不得閒的阿伯阿嬤，農忙前先趕來拿藥，戴著斗笠包頭巾，在醫療站與鄉里鄰人聊天家常，領了藥，再往田裡上工。取藥看病的便利性讓他們逐漸習於好好吃藥控制疾病，注意自己身體，那或許，便是所有奔波最大的慰藉。

不拿藥，人們亦可以來量量血壓、交換日常。阿婆站在廟門等候，「今仔日較晚？以為恁不來了。」「嘸啦，上一站人多，被卡住。」家在廟旁的阿婆，每週總來報到，不看病，只是陪我們坐坐，聊聊她的先生與她的久未成眠。她喜歡隨行的護理人員，嘴笑目笑地說，「我是要來看水姑娘仔的。」

因此，也許會有人期待著吧，當艱困經營的廂型車疾疾奔過樸素的土地。

近午，收妥器材藥物，我們走出偏隅的活動中心，護理人員正拉下鐵捲門。我看見，活動中心的外牆上，貼著一張尋找女孩的海報——那已經是好幾個月前的新聞了，住在這附近的女孩獨自往赴同學處借取課本，田間道路上，她被一個陌生男人帶走，再沒回來。

溫柔、母性的綠色平原上，發生了這麼一件悲傷的事。海報的顏色已經褪去，卻還未撕掉。只有颳過平原的風，獵獵地，吹著紙角。

在床一方

我站在床邊，傾身，看著那個年輕的工人，楊，要展示予我什麼——他笑得開心，肌肉已萎去、瘦成根竹竿的手臂，托著一隻手機，另一手亦無力氣，但還能不斷在螢幕上點觸，楊說，「我最喜歡玩拼圖了。昨天我下載了全部的遊戲，一天之內就全破關了。」他的話語帶著頑皮笑意，但在知情者聽來，心臟彷彿飽滿氣球，輕輕地被刺擊了一下。畢竟，二十餘歲時便從電線杆上墜落、並從胸椎以下完全癱瘓的楊，在床上已度過了二十年。

他擁有最多的，就是時間。

我遂想起那部探討安樂死的西班牙電影，導演亞歷阿曼巴（Alejandro Amenábar）改編自真人實事的《點燃生命之海》（*The Sea Inside*）。片中，原先熱愛生命、崇尚精采生活的勒蒙因跳水癱瘓，自此躺床三十年，手腳攣縮，無法移動，唯一剩下的是意識，思考，和豐富的想像力。專程前來替他辯護安樂死人權的女律師在閣樓翻看勒蒙仍完好時的照片，他大笑，開朗，模樣自信，一張張藍天豔陽下、海洋上的生活切面啪噠啪噠掠過。她掉下淚來。

但現在有點不同了。早前我與居家護理師去看楊，遭電擊而重聽的楊只能憑靠無聲的電視打發相同的每一日。近來，楊開始使用一隻他姊姊給的智慧型手機。他虛弱的手掌力量剛好可以撐起手機而不是平板電腦。聽力受損且活動只侷限於雙手以上的他，於是可以傳簡訊、上網、玩遊戲，與世界有了聯繫。

護理師說，另一位臥床病人也正在使用平板電腦。男性病患，原本都以言語性騷擾護理人員做為憤懣的出口，自從接觸平板電腦後，情緒好多了，每回護理師去訪，他便炫耀著他又在玩些什麼。

這消息聽來令人寬慰，而我驚訝的是，這些巧妙的科技產品，也許擁有連設計者當初都未能預期的潛力，除了讓健康的人們收發訊息、消磨時間，它們事實上可以用來做更多的事情——譬如，讓某些人走出了那小小一方的床，並保有微小的快樂。

但願，但願他們能繼續如此。因為，那日在要去看楊的車上，護理師曾告訴我，早先，楊本有意願簽下拒絕心肺復甦同意書。

為他無聊、且看似無盡的人生。

秀才與壁紙

Paper

KK [ˋpepɚ] DJ [ˋpeipə]

1.紙[U]　2.報紙[C]　3.試題、試卷、答案（紙）[C]

4.論文、報告[C]　5.牆紙[C][U]

「最近paper寫得如何？」電梯裡，走廊上，那逐漸變成了一句招呼語，與「吃飽了沒」一樣，聊備關心之意。

Paper一詞，在醫院中的指涉與學院相同，意為論文寫作。醫學的進步，極大部分亦基植於研究的持續發展。真正傑出的研究者，總能提出重要問題，並用實驗或數據回答自己的疑惑。這些熠熠發光的答案多半言簡意賅，且直指核心。

然而大多數的論文並不如此。尤其，當醫學研究已被簡單量化為一種醫院等級或職位晉升的評核工具——醫院評鑑規定各級醫院需達到一定比例的論文發表量。接到如此指令，每所醫院遂將比例按照科部分配，各科醫師再被要求每年必得生產相當篇數，如工廠裝配線，或如大河細分支流，下放焦慮，分攤不安。

那秤斤計重的時代已經來臨。結束一段訓練過程的學長姊，在新的醫院面試之際，被告知計算每月薪水的方式：有論文者，原價支付，無論文者，八折。

論文篇數，成了醫師的價格標籤。

（或許，也有過季，清倉，暢貨中心。）

受學生景仰的前輩，對待病人真誠且臨床經驗豐富，他醫書讀得通透，熟記治療指引，卻從不寫論文。他感嘆著，身為醫師，為何不能專注看病？畢竟，對照起某些善發論文、「著作等身」的醫師——其中，有些甚至不太知道如何治療病人；或者，為了擠出更多時間寫論文，將門診量縮減，將病人推開——對緊迫病情最攸關的，並非醫師多會操弄統計軟體或資料庫數據，而是精準的臨床判斷和充分的治療經驗。

想像，在偏鄉，或欠缺醫療人才的東部醫院，一位醫師可以說出統計學的理論、牢記國際期刊的分數等級，卻無法控制慢性疾病、應付人們的緊急狀況，那般悖逆的荒謬。

並不認同個體專長的評鑑制度將慢慢把臺灣醫師馴服成秀才。不管天分與興趣，須得專擅詩文的秀才，生產牆紙的秀才。

遂想起了那首關乎書呆的俏皮唱謠：秀才秀才，騎馬弄弄來，佇馬頂，跋落來，跋一下真厲害……

洗澡

晚上，偷空和護理人員說「我先去洗澡」後，我便按開值班室密碼，進入盥洗間。

住院醫師初期，我仍大費周章，知道今日要值班，便事先收妥各種旅行用小瓶罐，備好換洗衣物，帶來醫院。一早，先將私人物品置於醫師值班室內，那夜半的安身立命處——若有外人得以進入，他會發現這是個性格不修邊幅、設備差強人意的所在：數日前未喝完的飲料可能棄置桌上、值班服拋在雙層床鋪的上緣、桌燈壞去、房內散落歷來值班者的生活遺跡——然後，我等待可以洗澡的時刻，在整晚緊湊的病房事務之中。

關上浴室門，換上塑膠拖鞋，盥洗者必得小心翼翼，以免踩到久未刷洗、略略長黴的浴室地板。值班服脫下，置於放平的馬桶蓋，或牆上釘著的毛巾架上，但得避開前人遺落已乾硬的陳年毛巾。最最重要的是，公務手機千萬記得帶進浴室、放在隨手可及處，以免洗澡洗至一半，臨時被護理站傳喚。我扭開龍頭，熱水嘩嘩從蓮蓬頭洩出，在那滿室迴響的水聲裡，我常疑心來電鈴聲是否被水流掩蓋、被我漏聽。有幾次，手機響起，電話那端和我確認醫囑、向我報知病患情況請我儘快處理，或急診醫師打來與我交班，都讓我無比心虛焦慮、草草結束衝出浴室。

這澡太驚心動魄。後來，就再也不敢值班時洗澡，怕泡沫還未沖淨，手機便悲劇性地響起，對方於另一端大吼，「醫師快來現在要急救！」

因而只能折衷，值班當日概不沐浴，延至隔天回家再一次洗去兩日髒汙。某次聊天中意外發現，其他醫師也這麼做，友人說，算算我們一個月有十天沒洗澡，想來有點噁心。

把自己清理乾淨，竟變成如此卑微的一個願望。

那時我偶會幻想：值班室光線柔和、床舖呢軟有如飯店，浴室裡備有沐浴乳、洗髮精及吹風機；最好可以有蓬白大浴巾，以免重演從前渾身濕淋淋才想起忘記帶毛巾、遂只能胡亂抓值班服拭乾身體的窘境。若醫師值班室能有設備如此，我必定樂於在醫院值班。

啊，果然是幻想。好在年紀漸長，現今已不必值此種過夜一線班，腦中各式藍圖美夢，也罷也罷。

暗語

暗語，即密碼，即召喚。

那是專屬於每所醫院的緊急廣播系統。為免驚動無辜他者，訊息僅以約定的數字傳遞，例如，「九九九」指某處有病人亟需急救；他院有取諧音者，「九五九五」意為「救我救我」，或者，「施心慧醫師，請到……」則表示某地需醫師緊急施行心肺復甦術。

我們仰頭承接那暗語。時不時，廣播響起，地點可能在門診大廳，抽血櫃檯，電梯前，或病房裡。每當系統啟動，輪值的醫護人員便火速趕往現場、接手搶救。有時一日數起，彷彿狼煙連發衝天，可以想見急救人手四處奔波，好在常只虛驚一場，多是由於病患過度緊張造成的昏厥。某次門診區廣播「婦產科九九九」，我隨其他醫師奔赴事發地，才發現病人因做子宮頸抹片暈倒，早已自行復甦了。

但有時，會遇上癲癇發作倒地、或猝不及防的心肺中止。偶爾，連急救也趕不及。

在醫院數年，我只聽過一次「三三三」。實習某晚，我返回醫護宿舍，一進門便聽見廣播通報「急診三三三」，那是大量傷患湧入、請求醫護人力支援的代碼。我上樓扭開電視，即時新聞正播報著一場死傷慘重的車禍——梅嶺遊覽車翻覆，數十大人孩童墜落山溝，傷亡者紛紛送往臺南的醫學中心急救。不一會，同學從急診處回到宿舍，她說，急診室已擠滿人手，而從山區被送來的患者多數被布覆蓋著，露出蠟白腳趾。

急診科的老師聊起施救經驗，他說，從前會隨身攜帶一個急救面罩，遇有需口對口呼吸者便馬上取用，單向氣閥的設計，可保護施救者不被可能的疾病傳染。某次他與另一位醫師步出火車站，剛好目睹有人倒下，他倆即刻合力在馬路邊急救，最後幸運將那人救回送醫。當時我聽了，真佩服他貫徹工作於生活中，連公事包中都預先放有急救「傢俬」，儼然那已成一種態度。一路，我聽過前輩在飛機上、高鐵裡出手的故事，但也有同儕承認，擔心被惡化的環境牽連，求援廣播響起，他默默下車。

那飛奔而去、俯身急救的身影，也許曾是每個醫師年輕時的夢吧。或者，仍需要一些信任、一些寬容，才能讓作過夢的人，回應內裡的隱隱召喚。

在這浮動不安的時代。

有洞

有洞。

深或淺，大或者小；碗狀的，錐狀的；有氣味的洞，尚無氣味的洞；新鮮的，與不新鮮的。

我看到了那些洞。一個兩個三個四個五個，羅列在年輕男人的萎扁臀部上。在我躡手抽去數小時前緊緊填實在洞裡、如今已被黃綠分泌物浸透的紗條後，那些窟窿的底部便如此安靜地被昭示出來。它們切口工整，幾乎鏤空了男人的屁股，展露醬紅色筋肉。我想起很久以前博物館裡的象牙雕球，層層套疊，男人的臀就像那樣。

那些洞霸踞尾骶。在髖。在膝蓋側。在腳跟。它們沉默說出那些洞的主人用怎樣的慣常姿態躺臥。我猜測，所有身上鏤鑿了那些時間印記的軀體都曾被有意或無意地棄置，在榻上保持著同一姿勢沉默醒來，再重複睡去。

幸好男人早已失去知覺。他的胸椎某節骨折，因此總以雙手搬運著自身臀腿，擺放出方便換藥的姿態。在我用棉棒深入窟窿甚至皮下間隙清瘡之時，男人臉面皆紋風不動，雙眼漠然凝視遠方。有次我問，不痛嗎？他心神不專地說，會啊。但眼神仍然失焦。

男人躺臥三人病房的邊窗位置，因而獨享天光。只有上半截可行動的男人其實十分獨立，他以雙手撐抬坐起，藉窗口射進的陽光攤報來讀，輪廓影影綽綽映在報上。有一回我替他換藥，途中卻直被他人傳喚，離開時我不得不向他解釋，「你等一下，我先處理完別人再過來，」他只是自顧自翻著報面，一邊說，好啊。他能做的事還多著，每一件物事都安放在他的手程之內，因此他可以自取水果刀削完他櫃上的一袋蘋果；隔床的看護每去買便當，他便央求代買，我看見看護回來遞午餐給他，他們久有默契地一手交錢一手交貨，也不知錢從哪來。

幾次輪值那病房，只在第一次去時見過他母親。

等不到他的褥瘡都收口，我便離開了那個病房區。日後與朋友相聚，才聽得照顧的同學這樣提起那年輕男人。「他有精神分裂，他母親有弱智；事實上他們家族的每一成員都或多或少地遺傳了精神性的疾病，只有一人心智正常。」他說，社工正在設法聯絡這家族中的倖免者來安置男人與他的母親。

而那人，只能遠遠地逃離。

修辭

重新學說話，是在當醫師之後。有經驗的師長叮嚀，醫病關係的建立，從溝通開始。譬如，「痛了那麼久，為什麼會想要今天來就診？」宜改為「……怎麼會想要今天來就診？」老師說，「為什麼」這三個字，隱隱暗示責備之意，不如用「怎麼會」來得委婉。

委婉，細膩，不冒犯。其實亦與一般人際交涉無異。

有時，難在告知的內容。

某夜輪值急診外科區，被送入的十四歲女孩高舉手臂，手掌冰冷發紺。拆開纏裹她手腕的布條，驀地豔豔一道細血柱噴出，濺在學長的衣服上。原來，女孩與男孩相戀，被雙方家長反對，不願分手的女孩憤而在教室裡拿出美工刀，割腕。

等著整型外科縫合的前置空檔，女孩被送去做了些檢查。照X光前先驗尿，探知有無懷孕。半小時後結果出來，一干男醫師遂推我上陣，要向女孩及其家人告知驗孕結果。女孩那關容易，我為難的是，怎樣將此事告訴那木訥老實的、女孩的父親。我前後躊躇，將陪在床側的父親帶至走廊上，忐忑說有一事通知。「驗尿的結果是……妹妹可能懷孕了。」過程中，我謹慎小心，深怕他受此衝擊而情緒決堤。然出乎意料，那父親只說了聲：「噢，」點點頭，表示知道了，卻表情沉靜。之後，我見女孩父親身形緩慢地坐回床邊，鬱鬱看向他方，什麼也沒說。

有時，真正的悲傷，無有修辭。

剛當上實習醫師的頭幾日，手忙腳亂地待在急診，恰好遇上許多需要壓胸急救的個案。那天被火速送入的其中一床，是個中年女性，素有氣喘，被發現時，獨自在客廳不知黑去多久，到院時早心肺停止。主治醫師一探她涼冷的軀體，詫道，「這已經沒了啊。」

陪她來的是位中年男人。我們仍奮力急救了一陣。最後，不得不通知焦心的他，病人救不回來了。

紛亂的急診室裡，人來人往。我們正著手整理急救時散落的器材。不意，我瞥見那已哭到流涕岔氣的男人，站在走廊上，撥著手機要將女人的事轉告其他親友。電話撥通，他以他最大的力氣哭喊，「阿英……死——了——啦！」語畢，他嗚嗚咽咽抽泣，再無法啟口。

那聲音淩厲得劃破空氣，我被當場懾住。那便是，至今我聽過最愴然的句子之一。短短五個字，一字一鏗鏘，穿越了六年時光，偶爾，仍會在我耳邊響起。

媽媽舌頭

逐漸地，不能再只會用中文看診。

在醫院裡，時不時，會遇見外籍病患。輪值健檢時段，常替來自世界各角落的學生做身體檢查，他們的家鄉可能在北美的加拿大、中美洲的哥斯大黎加、北歐的瑞典、或東南亞的緬甸越南。此時，英語是最普遍的溝通方式。我的英文還算馬虎，一邊也得歸功於臺灣的醫學教育，至少向來以念原文書打下根柢的我們，解釋病情仍能無礙。同事日語流利，遇上日本病患，需追蹤者大都轉給他，長久下來形同設了專門診，是以他的門診不時會傳來日文交談聲。我的門診亦有波蘭裔的美國人長期追蹤，我說，「Every time you visit I can practice my English.（每次你來我都可以練習英文）」但他模樣無辜，「科使窩想憐洗中穩啊（可是我想練習中文啊）。」

原來，我們都想用一堵承襲自母親的舌頭，轉換聲軌，與對方溝通。

更多的外籍人士，是大量移入的配偶及看護。越南，印尼，菲律賓。值此，不諳對方語言的我們便得倚賴她們的中文，或她們丈夫的居間翻譯。女人們講述中文仍帶南方的旖旎聲腔，時而擔心說錯，尷尬笑笑，或情急處爆出一段連珠砲母語，那反應像似我人在異地時，同樣的焦慮與不知如何自處。

某次我走經地下街，赫然發現書攤裡有整套越南民間故事，且是中文版，寫給幼齡兒童。我想，大概是要給新移民之子認識母親家鄉用的吧。這真美，想像，她們用媽媽的舌頭，在床邊講述另一支民族的傳統故事，給她們在異國生養的孩子。

關於語言，好友小朱倒是告訴了我另一種版本。她是麻醉科醫師，愛吃愛旅行，酷嗜酸辣飲食與熱帶天氣，常往泰國跑。某日，手術室有位泰裔病患開完刀，小朱負責將他催醒時，翻譯已不在身旁。興奮的朱醫師迅速在腦海裡過了過，看看自己會講哪幾句泰語，一旁的人都出主意，「三碗豬腳對不對？我們都會！」想一想，小朱還會說「謝謝」，因為旅行中常說；另外她也記得，坐曼谷捷運總會聽到的「下一站是……」。最後，在把病人送到恢復室的途中，病人醒了，恍恍惚惚講起泰文，小朱靈光一閃，卻陡地想起她最熟練的一個詞——

「Tom Yum Kung（酸辣蝦湯）！」

便當

我喜歡翻看各式外送傳單的名目，如細細欣賞清新美好的傢俱型錄。麻婆豆腐燴麵、紅燒軟骨飯、泰式雞排……我手指在一行行菜色上輕點，躊躇半日，終於掏筆畫押。接下來的數小時，寫病歷、跟查房、忙裡忙外，那勾選好的午飯式樣便時不時飄過我腦海，啊，我喉頭緊縮，吞涎，一想起它便嘴角微揚，彷彿可以更快捱過一段忙亂時光。

輪訓病房的日子，外送便當成為我們的重要慰藉。醫院非處鬧區，周邊食肆稀落，地下室餐廳又早吃盡，只得倚賴迢遙送來、每日更換店家與菜式的便當。值班時，食物更是最大想望。我告訴自己，一個便當抵八小時，只要吃過兩盒便當，就可熬去漫長的日與夜。

便當，遂成一新的計時單位。

自大五見習起始，誤餐便成常事。上課、跟診、跟刀，老師沒說可以走人，膽小又愛裝認真的學生亦不敢輕舉妄動。坐在診間後方，望著指針已過進食時間，心浮氣躁、腸音咕嚕，那聲響之大，有時連病人也聽見。但我們心裡會碎碎嘀咕：怎麼老師就聽不見？偶爾等到老師猛然想起，回頭揮手：「去吃飯吧！」吁了口氣的我們便像得了大赦般、歡天喜地離開。小小年紀不知好歹，一心只企求放飯，卻沒想到還留著看診的那人得撐到門診結束，根本沒時間用餐。

因而，當年對於可以顧念晚輩胃袋的師長，我們總心生感激。刀檯上，時近中午，外科醫師雙手正忙，頭也不抬地拋下一句，「學弟妹下去吃飯！」話語直率俐落，近似命令，聽來卻飽含寬容。實習時值班，傍晚臨時被叫去上急診刀，打電話來的學長，不久後卻拎著一顆軟熱肉包在手術室外出現：「吃飯了嗎？先吃完再進去。」那樣的溫情，讓人很難忘懷。因是，種種情誼，有些後輩會如此報答——彼時，一位正在骨科實習的男同學，午間被學長放出手術室用餐；他看看架上統一訂購的便當，剩下的兩盒裡，一式是排骨，一式是小小的肉魚。男同學揀肉魚那盒吃了，雖然他並不喜歡吃魚。

「因為等學長下刀吃飯的時候，涼掉的魚，就腥了。」身形粗獷的男同學，事後卻別有溫柔地，這般向我們說著。

三年

阿娣下個月就要回家了。她說，等暫時來接手的看護學會如何照顧阿嬤後，她將搭上往印尼的飛機，回到她位於爪哇的故鄉。

阿娣是典型印尼女子，焦糖膚色，扁鼻大眼，身形矮而闊。這六年來，她來臺兩趟，頭一次離家，她的兒子三歲，這次回去，他九歲了。

「你要回去多久？」「一擱月呀⋯⋯」阿娣一口被南島聲腔融軟的中文，像唱歌，伴隨她時不時的大笑，聽得人很輕盈，彷彿置身熱帶島嶼。「你兒子還認識你嗎？」與她相熟的護理師，手裡換著病人管路，一邊嘴上促狹鬧她。阿娣聽了，又是呵呵數聲，才說，「打電話會叫『媽媽、媽媽』啦，見到面又不認識啦。」

身為移動保姆鏈的其中一員，阿娣提到在爪哇的丈夫及孩子，臉上總交錯浮現興奮與無奈。在這裡，阿娣被限制出門、睡眠因照顧病人而必須時時中斷，為的是將得來的大部分薪資匯回印尼，好讓家人溫飽、孩子平順成長。

我想起這些離家女人共同的命運——在另一幢家屋中，來自峇里島的露露說，早先她與男友在峇里島的渡假飯店替人按摩，但在臺灣當看護，薪水比在峇里島要來得高，所以她來了，彼時她才新婚。「難道你不想先生嗎？」我們問。露露笑了，反倒轉移焦點，嘲弄起站在一旁、中文仍不靈光的Ayu：「她才是笨蛋呢，我說她都生小孩了還來。」初來乍到的Ayu聽不懂，濃黑眼珠眨巴眨巴，不發一語。

「趁年輕，多賺點錢回去吧！」當阿娣被問到還要不要再來臺工作時，她毫不猶豫地說了「要」。或許，她們的心裡都是這樣想的吧。缺席的母親，無法以眼睛看住丈夫的妻子，每一次的出發，便是三年。〈三年〉啊，這支老歌謠究竟是誰唱給誰聽？

好容易望到了你回來／算算已三年
想不到才相見／別離又在明天

這一回你去了幾時來／難道又三年
左三年，右三年／這一生見面有幾天……

下一回阿娣再回爪哇時，她的兒子便已十二歲了。或許這問題太難思考，就暫不去想它吧。只是阿娣此去也另有牽掛，病床旁，她溫柔替阿嬤蓋被調整姿勢，一面軟言軟語：「回去一擱月也會想阿嬤呀……還是會想的啊。」

盛放

傍晚，她坐在宿舍客廳，專注地望著眼前光影浮動的電視螢幕，膝前矮几上放滿黃昏市場帶回的紅白塑膠袋，裡頭有蔬果、熱湯，還有現成的便當。

其實我從不知她名姓，只因常在宿舍遇見，自然打起招呼。與她問好後，我逕自回房。兩小時後我再出房門取水，她仍在。回過神來，她笑笑，「等我室友醒來我再進房間。」

我知道她們在維持彼此睡眠的安好。二至三人同寢的護理師，若在醫院輪值不同時段，便連休息也得排序。早班，上午八點到下午四點；小夜，四到十二；大夜，十二到八。她們的作息由此切割出三種周期。

我值過急診夜班，為時不長，約略體會了逆著日光醒睡的痛苦。那時差總讓我睡不好，是以離開急診時，在每位輪訓者必填的問卷題目上「你是否有在白天入睡的困擾？」我毫不猶疑地勾選了「是」，因而，我更無法想像精神狀況得長時在三班間游移，又是怎樣的景況。

但護理人員大多得如此。我常看見她們分批回到寢室，將一天疲勞後所剩無幾的體力花用在睡眠和看重播的節目上。因為輪班，她們的人際網絡也常斷電，上小夜班的人回來時已屆凌晨，無法撥出電話給家人或朋友；上大夜班者則與眾生顛倒。由於外宿，她們常得料理自己的孤獨和食物，有些護理師會教我怎樣用微波爐煮麵或菜：蔬菜洗淨，放入微波塑膠盒內，淹上水，加熱數分鐘，就有水煮青菜可配電視食用。麵類作法亦同。公用冰箱裡，她們儲放醬料、辣椒、肉燥，不時拿出澆淋，彷彿自製的一餐與購買外食比起來，仍算對得起生活。

日復一日，時間自顧自地往前去，有人卻停格於此。替全院員工做體檢，畫下家族樹狀圖、詢問婚姻狀態時，許多已逾婚齡者或媽媽級的護理師會告訴我，「我沒有結婚。」

於是，在醫院裡，她們愈來愈資深，形同溫柔母姊，支撐守護著年輕的醫護人員及病患。單身的她們，有些也能把日子過得精采，騎單車、打球、趕赴音樂會；我還常在臉書上看見她們利用休假自助旅行的照片，幾位調好班期相約出遊的護理師，在畫面裡，像姊妹，盈盈燦笑如花。

啊那如花一般的，她們的年華。不在別處，它盛放於此地，就在這個當下，就在此時此刻。

輯三・靜靜的生活

私房藥

小城故事

那其實是，《天工開物．栩栩如真》裡，作者的阿爺董富與父親董銑落腳維生的V城，《傾城之戀》流蘇和柳原情愛的角力場，是《花樣年華》中，蘇麗珍與周慕雲藉由一次次狹窄的迴旋、錯身、矜持來曖昧以對的街巷所在，也是《傷城》片頭所展演的，耶誕藍調淡淡響起而暗夜中燈火如海的寂寞島城。

多半，我們以為自己對它如此熟悉，這可能得源自小島地理位置得天獨厚，因此轉運旅人，貨物，文化。也或者，是小島的歷史過於周折滄桑，是以它屢屢被傳誦抄錄，進入文本，進入了我們的閱讀。

因之我們對於港島的閱讀一開始總是二手。印象來自於曾經往返的旅人、你我更年輕時盛行過一陣的各式電影港劇港漫流行歌曲、報載的影劇消息及街巷裡隨處可見的港式燒臘飲茶甜品煲湯。這些第二手以上的理解呈現出一個拼湊的城市。

所以親臨島城就像掀開幕簾走進了片場，一切城市被輾轉傳達的風貌皆得以被拆解復原。

*

一開始，一切都是小。

小巷，小弄，小居住單位，小門面，小茶座，小車位。今年冬末春初我乍來此地，彼時還不習慣與臺灣相異的生活規格，直覺得港城以驚人的狹小迎接。

座位小，首先在接駁巴士上體認。座椅前後排距窄短，只容膝蓋抵著前背；椅面方正精巧，一個瘦女孩坐下去剛剛好，胖一點的或許就要橫佔兩個位子。我坐在甜品店與人搭檯共桌的小椅凳上，不免仍然縮肘併膝委屈而坐，一邊想著，這要是換了港人口裡俗稱的鬼佬，哪能塞得進這麼嚴格的空位裡？後來看《花樣年華》的一場戲，那是周慕雲與蘇麗珍發現各自的配偶出軌後，負氣去吃西餐的場景。電影裡兩人對坐的桌子與卡座小得不能再小，蘇麗珍因而只能用懸空的一雙手腕切著肉排，磨刀霍霍，看來擠促而不安。

居住單位小，所以建築看來細瘦而尖銳，動輒三四十層的公寓叢集成針簇，遍植在香港起伏的丘陵地上，巍峨高聳。這些不斷抽長的建物除了蔓延電車路途上所有從市區向外延展出的山坡外，也已開始生長於郊區。觀塘線底的調景嶺，國軍晾國旗漆標語的情景早不復見，取而代之的是新興的超市、回返調度站的公車、還有空地上依同樣的形狀與單位面積蓋起來的制式超高層公寓。一種勃發待建的生活秩序。他們說，市區住不下人了。

正因為這城市的另一種廣大。

*

當我們在城裡晃蕩，總會見到印度人或中東人群集的陣仗；他們或蹲或站，斜斜倚在廉價商店或異國料理的門口，馬路兩旁，或者幾個荒涼的街區裡。我不諳粵語，恍然以為自己來到南洋諸國的都會城市。接駁大量商機的港島，據言有九成半的華裔居民，也就是外國人種佔了約百分之五的人口，換算成現實畫面，那便是地鐵站中常常有白人男女匆匆與你擦肩而過，夜晚的酒吧裡擠滿白皙或深褐色的面孔。

那是島嶼曾經背負著的殖民地身世。又因地處要津擁有強大的金融與轉運商機，市招與海報皆為港式中文與英文並陳，而電視裡嘰哩呱啦地還播放著粵語與英語配音的廣告。九七之後，普通話逐漸在島上慢慢壯大了起來——雖然當我們坐在飯店的咖啡廳用早餐時，還未學會普通話的侍者仍然用流利的英文招呼我們——再加上零星的外來人種與語言，島城儼然成為一座小小熔爐，彈丸之地融滙近六百八十萬人口，各式語彙，乃至文化習俗生活飲膳。

當大多的規格都被縮小時，或許正是因為它需要在一定的腹地裡騰出更大的度量。因之，現今你仍可以在城裡遊晃，享受這城市龐大的包容力——

若是在舊時光凝止不前的上環，到干諾道上的「海安架啡室」，坐進漆成大紅色的卡座裡，點一杯凍鴛鴦加一份賣相樸實的意粉或菠蘿油飽，彷彿就重返了五〇年代，電影裡的旗袍身影下一秒便忽忽要從門前飄過；呷完後接著沿路而走，後方綿延幾條包含永樂街高陞街等的窄仄長巷，專營藥材補品零嘴乾貨的買賣。擠迫的巷弄，參差的招牌，努力營生的店家站在店門口與顧客議價，那種嘴上熱鬧頗有種庶民生活的踏實與美感。街巷充斥燕翅人參，我更發現他們店門除了一袋袋裝著的美國李子乾和夏威夷果仁外，還買得到從臺灣搜羅而來的黑皮瓜子，頓時親切油生。

平民之生活場景在城裡許多處也得見。旺角的女人街一如臺灣菜場，羅列滿滿廉價日常用物以供揀選；油麻地的廟街則以傳統香港風情聞名，除了兩旁油煙衝天的大排檔及古董、小物攤子外，理應有如《新不了情》裡頭唱廣東大戲的棚子駐紮。然而我晃蕩的時機不佳，前去廟街的晚上冷冷清清，沒了唱戲，只有幾個攤子零星點綴，甚是寥落。

失望之餘去吃甜品。坐進知名連鎖甜品店，翻開菜單，「士多啤梨」、「云尼拿」、「布甸」、「班戟」，全是眼生的中文。這些經過港俚轉譯的外來語，彷彿以文字本身記錄了微妙殖民史，一種關於母語間的妥協與隱隱流變；我看得眼花撩亂，研究點心名稱要比吃上一盅正宗港式芒果撈或芒果爽來得更新鮮有趣。於是想起茶餐廳，其將港人的庶民飲食創意與語彙創造力發揮得更加淋漓盡致：「絲襪奶茶」的絲襪是譬喻，「利賓那」指濃縮黑加侖汁兌水飲用卻是音譯了；「方包」、「免治」不解釋或許看不出是沒烤過的吐司及碎肉，「公仔麵」的重點倒是落在以出前一丁的泡麵炒成的食材應用創舉。除這些外尚有鹹檸七、豬仔飽、冰火菠蘿油、雲吞撈麵外加每日例湯及燉奶，名目洋洋灑灑列滿一大張菜單，俚俗而熱烈，教人看不懂也能感受那一股蓬勃的生活況味。

然而與此大異其趣的生活在城中。從中環地下鐵站出來，便陷身此城最繁華的地帶。這塊英人最早開發的城區，除了仍有大量早期濃濃殖民風的英式建築，現今街道兩側有世界各名牌旗艦店進駐林立，儼然是港島的時尚指標中心。夜幕低垂時分，中環就更要亮起來，狹長的街巷與往太平山方向延展的坡道擠滿人車，在人影錯雜和車子首尾相啣快速地流動下，夜裡的中環彷彿盈繞著一條條燈河。此際先去鏞記吃一隻油香噴鼻的脆皮燒鵝，飽食後走路不遠便經過蘭桂坊，小小山坡道聚集了數十家酒吧，集散各國人種與各式腔調的喧嘩。坐下來混在他們裡面喝一杯，就想起電影裡梁朝偉與金城武對飲時交換的生活無奈與飲酒經。「酒之好飲便在於它的難飲，」梁飾演的傷心警察這麼說著，那時誰也看不出來表面上擁有一切的梁其實是一個傷透了心的人。極盡狂歡享樂的城市與其中的人們，或者也有一部分是打算藉著酒意以驅趕寂寞的吧。

寂寞或不寂寞，都流行上太平山頂看夜景。中環往東走至花園道，換搭陡斜的纜車上山。太平山頂看夜裡的維多利亞港，山頂至港口地勢遞降，港口由九龍與香港島包夾，精白與霓彩燈光密密麻麻鑲在海港周圍螢螢閃爍。「……望過去最觸目的便是碼頭上圍列著的巨型廣告牌，紅的，橘紅的，粉紅的，倒映在綠油油的海水裡，一條條，一抹抹刺激性的犯沖的色素，竄上落下，在水底下廝殺得異常熱鬧。」小說裡寂寞的流蘇來見柳原，初次見到的便是香港的海。如今港邊的高樓要蓋得更多了，所以那豈還是，白流蘇初抵港島時看到的那個碼頭？

*

「香港是一個華美的但是悲哀的城。」幾十年前，〈茉莉香片〉裡便已留下此語。張愛玲的喟嘆來自何處？現在我無意查考了，然而這座地處北緯之南的熱帶城市，歷經割讓、殖民、爭奪、交接，四方人物的來來去去，早已被撐大了壺腹，成為百納之地。香港收留了薩黑夷妮，收留了傳慶，收留了各則傳奇裡快樂的或傷心的人，也收留了惶惶不安的現代港人。近年來香港經過幾次跌宕，在房市暴落、亞洲金融風暴、SARS及禽流感事件裡受挫而又重尋力量，力量或者來自於精刮細算的平凡升斗小民，或者也來自長年積累的衝擊與動盪。災後小城依舊華美，因之那仍然是一個，滿滿盛載著現代香港傳奇的地方。

也許，離我最近的香港傳奇，不是其他，而是我大學時代的港僑導師口中的，他的父母隨著難民潮由大陸遷往新界、落腳於鴉片館樓上的故事。那些萬事氤氳的日子裡，小男孩趴在二樓窗口，總可以透過鴉片館裡蒸出來的白色煙霧望見駛過窄巷的警車。車停在鴉片館及賭場門口，車門開了，場子裡有人出來，車裡的手收了東西，車門於是砰地闔上，揚長而去。那是個，連廉政公署都還沒有成立的時代啊。

也許，在旅途裡最美的風景，是那個穿著英式的背心制服裙，挨著太平山腳坡道走過，被我們攔下來問路的羞怯的女中學生。她在一個晴朗週末的下午裡走著，在沿路明暗不定的碎葉影下走著，不知不覺地就走進了我的眼底，走出了我的搭訕範圍，停在小坡的陽光裡等對街的綠燈亮起。下午，溫柔的光線燃燒了她的馬尾和年輕的臉龐。

又或許是，我仍然在將一些關於此城的二手經驗傾倒於你。所以最好，讓我就此打住吧，未來的旅人。或許你對於這座城市最好的理解並不來自於他人的解釋，最好的閱讀亦不存在於任何的文本，經驗來自你的腳，你的眼，你的身心，你晃蕩的靈魂。於是就出發吧。在你的旅途上，讓它們為你，建構一個專屬於你，此城唯一的閱讀版本。

重慶森林　青春藍調

奔跑。牽著你們的手，奔跑。

日子天空藍，棉花白，頭髮飄搖，青綠的襯衫被風灌飽。我們到處嬉笑。

那年，轟動了全校的紀念書包題名「重慶森林」，黑底布面上繡藍綠植物圖案和銀白字樣。我背著那書包大路上四處行走，站在角落裡，一個中年女子走向我問，好漂亮，請問那是哪裡的書包？

那是一種歧義。是王家衛的片子，也是我們。重慶南路上，一座綠蔭巍巍的森林。我們當時不知，從森林裡走出的女孩也是這城市的風景。尤其是新嫩的女孩，還躲在制服裡尋找適切的姿態，衣服愈熨貼，手足愈無措。不習慣，對雙人的公車座位，對學校，對世界，對十五到十八這個年紀，對自由的定義，觸手像初生的蕨葉慢慢舒卷伸展。女孩三三兩兩聚集走過，渾然不覺路人眼光的游移，如果有，就像含羞草一般避開。漸漸地，我們也要學會眼神閃爍，偷偷張開，就像我們窺視著其他，被公車拉桿遮住的，校門口圍牆邊的，電話亭旁的，穿著制服的陌生男孩。

我們的年代，有些事已經合法公開。譬如總是蜂擁進許多外校男生的聖誕舞會，或者女孩們進男校練社團，天晚了大門鎖上，女孩們輪流翻牆離開。課堂上，老師帶來一疊男生班的英文信，我們一個接一個上前抽出一封，那人就是未來一學期的筆友了。從走道回來時，信揣在手裡，兩岸竊竊的「是誰？是誰？」聲不絕於耳。彼時，學校和片商提出候選片單，每月中女孩們票選最想看的電影，在昏暗的國軍文藝中心影廳裡，女孩手持配額少少的電影票券，和認識或不認識的男孩們比鄰而坐。那一晚，岩井俊二的《情書》二輪上映，我還記得回來的女同學在班上興匆匆地模仿兩個少年藤井樹溫柔的惡作劇，我們圍笑著非常開心。那是青春的戲法吧。啊。身在青春中的人們，不知青春。

夏天，順重慶南路往南海路走去，有一座盛開荷花的池塘。長風穿過涼亭時，我們將千里迢迢帶著為某人慶生的大蛋糕，從學校施施步行而來。我們知道那群認識的男孩們下課後就會從對街抵達這裡，照例我們會許願、試探、閒聊、追打、互抹奶油在臉上。我們以為不久後我們都會在這個城市裡考上第一志願，以為我們會繼續熟稔，並且成為永不相忘的朋友。那是清新詠嘆調的夏天，曖昧不明的夏天，荷花初初綻出水面。

荷花開了，荷花謝了。熱音社的一個學姊擦著黑色指甲油，拉出衣襬，吐納某些憤世字眼如煙霧；同屆某班的女孩，遭男友報復攻擊，靜靜地轉走了。走道上一個戴著復健頭套的女孩迎面走來，她正在和同學日常談笑；我想起事發那天，校門口散落被硫酸燒黑破去的書包，目擊事件的學生在一個小時後，仍然站在原處哭泣。還有，有人說，到蘇澳金都旅社那裡去的學姊，兩人中的一個和我一樣，以前也當過合唱團的指揮。我在音樂教室遺落的一疊團譜中，看見過她的照片；在我知道特教組長前的幾年，我就已在螢幕上見他狼狽地閃躲，記者的麥克風圍堵他的去路，他們和這個社會一起問他：你知道，她們為什麼要自殺？

所有的天真在高二結束時也跟著結束。暑假自習開始，我們大多數的人放棄了手上所有的社團，搬進百年古樓，開始苦讀。因為方便，我們著短褲、趿拖鞋，在校內劈啪行走，往往被教官勒令不准再衣著隨便地現身。但是管他呢，縮回自己的走廊，當樂隊的女孩在操場上吹著小喇叭時，我們會搭坐在走廊邊低矮的木頭窗臺上眺望，居高臨下，讓雙腳在牆外晃盪。那一曲的悠緩時光，好像萬世太平一樣。

冬天，因為不能同意導師長期的行徑，班上醞釀著換導師的高張情緒。十八歲的少女，生活中需要一點革命，計劃必須安全隱密，而且一次中的。我們躲避監控，悄悄互換聲息。體育課時，冬陽照得我們烘暖，我們躺在操場上看著天空，輪流翻身，趴著寫下召開家長會的全班連署書。

那是高中三年最灰暗的冬天。導師被換去。臨走前，她帶著給我們的一封信在班上對我們宣讀：她要告我們。她的語氣非常激憤。陽光紛亂地從窗格裡射入，一向安靜的衛生股長突然站起來說，「同學們，起來打掃了。」無語的我們如被解咒般地起身開始搬桌椅，磕碰及拖拉的聲音逐漸地淹去了導師兀自不停的控訴。

後來的半年中，許多老師用辦公室間口耳相傳的輿論延續著對我們的叨唸和責備。（「剩下半年就聯考了，換什麼導師？」、「我昨天罵了她們班。」、「你們嬉氣太重！」）他們要我們好好讀書，因為我們的平均成績和另一班比總是差一點。於是在下一輪世紀之前，外面的熱鬧和華麗與我們都沒有相干了。世紀的最末，天空中散放盛典的花朵，我們卻低頭在重慶南路上疾疾通行，往返學校與車站邊的補習班之間，擠進狹小的座位振筆抄錄。

我們變得愈來愈胖，也愈來愈邋遢。因為讀書，我們上課時瞌睡，下課後背著沉重書包，踏進總是蹦嗤蹦嗤放著電子音樂的南陽特區，栽入陰暗霉黑的K書中心隔間，直撐到深夜。看著總統府旁黃昏的浮雲，晚自習後漆黑街上偶爾呼嘯而去的車燈，我們希望這樣的日子快點結束。但結束之後，有什麼會接著來臨呢？

曾經青春是不會老去的。我們都知道，那條路一直走下去，就是盡頭了。

（二〇一〇年臺北文學獎散文佳作）

吃

大學之後，和我初次同席共餐的（尤其男性）友人總在動箸中途，以散射不信與難解的眼神及同樣的問題來質疑我的吃飯速度，「你怎麼吃這麼快！」我攤手，微笑並咂嘴，以一種快食何辜的表情應對。

然而我並非不注重舌尖事之人，思前想後，料想或許是曾經經歷了好些段壓抑口腹之慾的時光，如今才以一種狂暴的佔有法來解決盤中飧。記起高三聯考前，所有學生皆邋遢潦倒的最後一個月，我自發性地進行苦行僧的計畫：每日留校至下午五點，六點前必須在K書中心的位置上坐定開始讀書，因此期間這一小時包含了學校至K書中心間所有的移動路程，買晚餐，及解決晚餐的時間。為求快，又適逢彼時某家連鎖速食店推出了長期的特價方案，那個月來我一直以垃圾食物果腹。拎著紙袋來到陰暗且盈斥著長年霉味的K書處，執意站著吃以免無謂拖沓衝刺時光的我只給自己五分鐘吃完它，揉掉包裝紙，栽進小隔間的座位裡開始苦讀。有時是假日，為了避免浪費一來一往的時間，中午我便買好晚餐的份擱於頂頭書架上，正向著冷氣出風口。傍晚時站起活動筋骨，順便再花五分鐘吃掉它，經歷一下午早被吹得冰冷的漢堡，咬下去，冰涼的麵包夾著冰涼的肉片。

因而我深信從吃飯這碼事可以擴大看見一個人的歷史與性格，如我們窺見《棋王》中飽經饑饉的王一生連油花都不願放過的殘忍。後來數年皆在異地讀大學，同學大多是以摩托車代步遊走並行狩於城市裡的人，對於吃這件事行動力也出乎我意料的高，每每在網路的美食版又披露了哪家深埋於曲折巷中、擁有不為人知的美味料理的店家時，便能以極快的速度前往一探，並將它納入日常飲食地圖的範圍。囿限於自行車的腳程，我只能在校園外圍錯織的幾條街迴繞著，每當計畫性地謀算起今日三餐何著時，總是在最後的最後又循著舊線來到同樣那幾家小店，停車，進門，點同樣的食物或飲料，數年如一，尤其水餃店更非兩三天便光顧一次不可，而後知情的同學皆笑我全身上下的細胞定有許多由水餃所組成的吧。

也許我並不真那麼嗜食水餃，水餃的確好吃，但我更相信「吃水餃」這件事必定和過往的某樁歡快記憶有所牽連，以致它幾乎成為一種生活符碼或儀式，只是記憶失焦，如今我再也無法細究循出那場快樂記憶的脈絡。然而每隔兩三日此種可被比擬為euphoria的日常儀式便要重演一次——從計畫晚餐食物開始，到真的捧著紙盒回家，待處理完所有可能干擾晚餐進行的瑣事後，扭開電視掀開紙盒，大量醬汁澆淋因放涼而口感略富有彈性的水餃，顫顫伸出竹筷啣起一粒正要放進口中——此刻心靈狀態臻至高潮，再也沒有比看著電視吞吃水餃更令人振奮的事了啊。

上述行為看在佛洛伊德眼裡，大概會診斷我正籠罩在口腔期的氛圍之下，我絕對服膺他的理論，及所有關於「活動以口腔為主，經由吮吸、吞嚥或咀嚼，以獲得基本慾求的滿足／口腔的活動如不受限制，長大後傾向開放、慷慨及樂觀／如口慾受挫折，長大可能偏向悲觀、依賴、退縮」的論述。如果這是一種情結，那麼我也情願，永遠地，深深地，不可扼抑地，耽溺於其中。

我的纏足史

一開始都是試探。起初，你也許閒晃踱步，你有意無意游目四顧，然後某個電光火石瞬間，萬千眾裡，你倆不期而遇。但你不敢確定，心底正在糾結翻騰，拿不定主意；於是你得探探底細，你趨前，你盤算，你在附近遊走逡巡，為了避免別人的過度殷勤你必還得裝作一臉不在意。最後你決定這一出手非生即死，你掂量著上前與它正向交鋒，在落地鏡前踩它踏它蹬它蹭它，直到你發現它在你的腳上熨肌貼理，彼此相得益彰，並且交相比對出一個最適合你的尺寸，你這才舒出一口氣，彷彿在剛剛那場表面安穩冷靜不動聲色的交易裡，也經歷了一輪心頭冷熱互替的肉搏殊死。

然而此番獵鞋功夫，自不是渾然天成，必當經過數年時間修鍊方可幸得。這輩女子如我，纏足史大略皆始於後青春期。當彼時物慾尚未如今日高張的年代，女孩們生活中佈滿各式綁縛痕跡，被拙稚的胸衣綁束，被素色單薄的制服覆身，行走在種種界線之內，並且無論頭腳上下都有其不可逾越的尺度，不可造次的色彩範圍。因此，少女一頭清湯掛麵趑趄遊走於肩線，對於足底事也僅止於對白鞋的牢騷，且最多最多，偶爾以黑或花色運動鞋裝飾過於單調的青春，似乎道德不容放肆，反叛亦點到為止。

但某一日，斑斕時刻乍然來到。女孩們的人生瞬間被鬆綁，放大，於是她們身形彷彿一夕之間抽長了數寸，做好準備迎合享樂，一雙雙被運動鞋養大的天足卻隨之栽進緊實而合腳的鞋款裡，並且竄出了靈敏觸鬚，咻咻循嗅著，踏上獵鞋旅途；她們的眼睛在數年間更為此長出了無數雙俐落的手，必要的時候，那些平日深藏於銳利眼神中的小手會倏地伸出，掀開路人褲腳衣裙，穿過萬面千扇玻璃櫥窗，掃遍整列展示架，直取標的。

而屢屢試鞋總帶來無上的歡愉。你的五趾蠕蠕。每一次，你屈曲腳弓，足趾下彎，自開口徐徐探入；你的肉足充滿鞋的腔隙、角落，以趾甲、腳背、足跟、腳踝抵觸鞋壁與褶縫，並且從中感受自鞋壁傳來的包覆壓力以及承載腳底微凹足弓的柔軟支撐，一切無非隱喻。

鞋遮覆裸足。像首尾相啣的輪迴，已無從查考起究竟是腳讓鞋成為象徵符碼抑或鞋使腳曖昧，龐大深遠的文化流裡，鞋與人足一雙遂不知不覺地跳起情慾探戈，唱起意淫雙簧。

也許還要從一對腳說起。人體地理位置上，腳屈處於下，你的視線因此沿著肉感大腿、緊實小腿肚一路滑至曲線靈活的足踝；繞著纖瘦足脛，你目光游移，意念沿足背微微浮凸的青脈向五枚腳趾挺進摩挲，領略足趾的騷動，繼而往底面探去，舔舐足底隆凸有緻的柔軟肉墊，回到足踝根處，復而再三，繞行周匝。但，且先打住，上述種種畫面大半多只存於臆想，現實世界裡，稍加進化的社會中，足部總被密密保護，以襪以鞋靴遮蔽，除了特意袒露鞋腿的場合，其外更有褲腳裙襬，重重掩障無形中逐漸消抹了足的存在，遂使一雙裸足更加隱晦神祕起來，更不用提古時女子以勒指一層，裹尖二層，勒跗二層，攔腰二層，包踵七層如斯密麻繁複的手工綁縛小腳，一雙光足因此蒼白孱弱永不見天日。然而卻也因這般「逆勢操作」，毫無掩飾的肉足反倒裸露得令人難以直視，彷彿卸下所有防備，空無一物的兩腳在某些文化裡比私處更隱私，大張大敞教人難以招架，遮遮掩掩更引人遐思，尤其，當你無意間掀翻一個世紀前女子的老裙襬時，她那雙小腳因驚嚇而倏地縮起，「如一對乳燕飛去」，那畫面直教人心怦怦然，春意纏綣難解。

因此小腳勾搭金蓮，金蓮勾搭小腳；小腳勾引女人，小腳也勾引男人。歷來的春宮畫裡，無論在書房，在閨閣，或在杳無人跡的後花園，女子總眉目含情還迎還拒，露出裙底的豐軟白臀與仍被纏腳布或蓮鞋密密細覆的纖足。看來不成比例的肥臀與小腳，竟然並非誇謬而是事實，不僅突顯了妙蓮的孱弱堪憐，也直接揭露了腳與性暗中的關聯。古時男人尚有一派理論認為，小腳不敷行走，著力點全放在股臀之間，遂使得「桃源壁厚」，就不難想見，他們的手與眼神俱在小腳上流連撫摩，心思卻緣腿攀附馳騁雲外，想入非非。更有甚者，見到腳的附屬品也能狂喜異常，因之古有所謂「白汁溢紅菱」。每當想起這則佚事，我彷彿就能聽到闇黑的角落裡，那些文人君子們因陡然興奮而發出嘶嘶咻咻的鼻息，一如今日的戀物癖。

而我們戀物，也自戀。女人因自戀而戀物，情結似乎不比龐大的文化痼疾來得複雜，但卻足以豢養得起整個世界的時尚產業。我記得莎拉潔西卡派克在《慾望城市》中演繹的聰慧女子嗜鞋成痴，最害怕的事之一莫過於在沒有計畫時遇上了一雙好鞋子。有一幕她晃進一家高級鞋店，殷勤而推銷手法高明的男店員替她試鞋時，她天人交戰在四百美金與不買之間，臉上流露出的那種絕望，充滿罪惡感的歡愉，無不是現代女子獵鞋的寫照。

是魔物。是的，鞋子確是魔性之物。小時讀安徒生童話，對於紅鞋的隱喻其實懵然未覺，只覺得向來溫馨甜美的童話竟用毫不同情的口吻講述女孩為紅鞋瘋魔以至於失去雙腳，讀來森冷異常；長大後重讀童話，才發現紅鞋恰恰是嚴謹的宗教社會裡、被揀中成為虛榮慾念象徵的代表，因此那油亮鮮豔的紅色非但一點也不甜美，吸引女孩凱倫不斷背棄教會與奶奶教誨的紅鞋高高在上，彷彿咧大了嘴，嘴角且帶著腥熱血味，誘使凱倫一步步跳進當時教會世界所定義的罪惡深淵。每當那意象浮起：承載著女孩血淋淋斷肢的亮紅皮鞋仍以輕快的步伐躍進陰白月光下的森林深處，其中紅鞋被賦予的魔性的的確確地，令人悚然。更令人想到便牙關打顫的是，故事末尾，拖著一雙殘肢的女孩凱倫被安排重叩教會的門，紅鞋卻如鬼魅般在教堂門前躍動，女孩遂間接地被聖潔的教會所拒。真心懺悔的她在家死去，至此嚴厲的西方教會給予女孩的懲罰終於有了底線，凱倫在天光灑落中，靈魂被接納上了天堂。然而，這個風格殊異、對於慾望百般壓抑且評價殘忍的童話不啻是則過時且淩厲的警世寓言。時時被物慾世界以各種手段勾引的女人如我們，真的，真的，要付出同樣慘痛的代價嗎？

幸好我們並不。燦爛頹美年代裡，我們以華服裹身，以各式鞋款纏足。相較古時女子的錯到底／月亮門／蝴蝶履／新月狀蓮鞋／沖頭／香屑鞋／鴛鴦履／蓮花底／梅花底／貯香鞋／金鈴鞋／鳳頭鞋／竹筒鞋／睡鞋／套鞋／半截鞋／坤鞋／皀鞋，而今我們春夏有平底涼鞋高跟涼鞋休閒鞋楔形鞋船形鞋露趾包跟鞋包趾露跟鞋仿舞鞋尖頭鞋娃娃鞋，秋冬有平底皮鞋高跟皮鞋包頭鞋短筒靴中筒靴長筒靴，且它們還覆材質以合成皮羔羊皮牛皮小牛皮馬皮魚皮蛙皮蛇皮鱷魚皮蜥蜴皮木頭亮片金屬蕾絲水鑽緞面串珠藤蔓⋯⋯

是以我們去而復返，百年後又走回老路。萬千女子生理上被放回天足，心理上卻難分難捨，甘願做繭自縛。因是自願，當我們前仆後繼、微仰上身抬起腳尖，一個個將原先光潔健全的腳掌擠入美好刑具之時，慘烈中仍不忘嘴角綻放一朵苦甜微笑，那笑容，何其神似封建社會裡歷經掙扎哭喊、終於成就一對妙蓮的女輩之笑哪。舊女子流傳著，「小腳一雙，眼淚一缸」，總結了腳掌骨骼瘦小畸型、腳趾下折足背隆凸的痛苦。今日女孩雖然苦痛不足以滴出眼淚一缸，為美而生的勇氣卻仍讓我們堅毅無比，以微小面積承受自身重量，並抵擋鞋身緊綳如箍。削足適履絕非誇飾，為了獨特與美麗的僅此一雙，女人可以縮趾隱忍，強顏歡笑。我們大抵都知道，華美屐履帶來的傷害或許勝過保護——窄而尖長的鞋頭將迫使支撐力薄弱的大拇趾蹠骨關節變形，長期下來斜凸於足內側，模樣彷彿長了顆樹瘤；陡峭鞋身將迫使體重集中於前半腳掌，因之腳底表皮增厚成繭，冒出雞眼；包覆腳跟的鞋壁過於合腳，磨來蹭去的後果是搓出水泡，血肉淋漓。露趾無後鞋面包覆的涼鞋也好不到哪去，為了行走中不使鞋滑脫，足趾不覺便微微向下抓住鞋底，此番力道經小腿一路牽扯至膝蓋，久而久之便換來滑液囊發炎。知道知道，我們都知道，我檢視卸除了包裝的雙腳，不見天日處滿是瘢痕，蹠骨已微微變形，伸手捏捏膝蓋兩側，悶痛隱隱而生。因而那一雙腿彷彿就是本穿鞋史，以肌理關節記錄受縛的痕跡。然而我們，這一個個擁鞋三千的伊美黛，無不在心裡說服著自己，腳醜了有什麼關係，等套上了鞋，又是美腿一雙。是以女子們挺腰奮力站起，足蹬半呎高跟鞋，登登登招搖過城市的大街小巷、踏遍平坦的崎嶇的路面而面不改色，真是好一個為鞋受得滑囊炎，拇趾外翻終不悔。

不悔。怎樣的鞋能使女獵手們咬牙不悔？說穿了某個心理層次的我們仍舊小小媚俗，注重外在美遠勝內在美，色相絕佳的鞋品才值得這一切。須知，鞋履大致上可分兩派，一實用一美觀，然而始終讓我們困惑的是，鞋的疆域裡，內在美與外在美似乎壁壘分明，互不干涉，令人驚豔的鞋大多難穿，舒適至極的足履必定不甚亮眼，因而人與鞋互相征服的過程裡，與我們對上的總是某些鞋款，它們美麗絕倫，卻也，傲氣過人。

所以我們得馴鞋，過程一如馴野騎成良駒，馴猛獅如家貓，馴情人為主夫。人說新鞋總咬腳，這話一點不錯，因此一雙美鞋入手，才是兩方關係磨合的開始。起初，你每日只與它略略耳鬢廝磨，試探雙方的底限，因此只得在短程外出如覓食、散步時套上它，用些許時間消磨它的脾性，適應它的骨架與觸感，並用實體肉足將其撐開，好讓它以漸漸疲軟的皮相記憶你的存在，更不能忘記，你倆每回短兵相接後，回到家來，得趕快按摩雙腳，縱使徒勞也聊勝於無地矯正蹠骨關節，做做復健恢復戰力，因為征途正長；而你的辛苦沒有白費，你倆接著更進一步，宣告彼此熟絡期的來臨，當此時你腳跟上的水泡或血泡瘢痕已淡，足趾上的勒痕與壓跡亦不再殷紅而顯眼，那便是，人鞋雙方至為甜蜜的時光，你滿心歡喜，以習於一切的腳板與愛鞋終日流連在外，不覺有恙。

而難道親密關係皆得如此，無奈且悲傷？眼看著經過磨合的故事就要圓滿收場，愈走愈顯平順的鞋卻在這時，一步一步隱形了起來；你這才明白，唯有十趾錐心，那腳尖上的痛直通心房，才能一步一顛，時時提醒你它的存在；如今事過境遷，雲淡風也輕，還有什麼值得記憶或悵惘？

於是女人們熄止已久的慾念，復熊熊燃熾如烈焰。那雙曾經的最愛，最多在我們以肉身為本的纏足史上再刻下一筆，當作一則時日久遠便褪去淡去的舊帳。舊帳已了，新的還會一直來、一直來，因此我們被允許頭也不回地跨出門檻，踏著舊愛，往尋新歡。

珥璫記

我在我身穿鑿了兩個洞。它們細小如星點，分踞我左右耳垂之上，互不相見，一如參商。

從小我就羨慕穿耳的女孩。要好的高中同學說，她喜歡看別人臉旁垂掛的耳飾，一晃一晃地，女孩的臉龐就會亮起來。不懂事時，我喜歡在圓潤耳肉底端黏上塑料做的、專賣給小女孩的耳環貼紙，它們的圖案常是簡單的五芒星、菱形、心狀，或是一鉤彎彎的月亮，小小的成雙成對，夢幻世界一般的淺紫淺綠粉紅，透明浮凸的材質裡摻和一閃一閃的金蔥。那是和母親逛城中市場時獲得的小小獎賞，一排十副的耳環貼紙，讓七八歲的女孩那幾日裡鏡子前左照右照。我很珍惜地黏了好久才取下。

母親管教甚嚴，青春時期，她不准我想這想那，動身體的歪腦筋。在留個瀏海都會被嫌作怪而狠狠一刀剪去的年歲，穿耳洞大概是不能提及的忌諱。國高中時，學校尚有髮禁鞋禁，雖沒禁止穿洞別環，女學生們終究謹守校規，只偶爾越點小界，把裙子改短些，或在大考前為求舒適地拉出上衣、穿著短褲趿著拖鞋，在百年古蹟的學校樓板上晃來晃去。會在耳垂上釘出洞來的，印象中屈指可數。

進了大學，夏日裡便南移到另一個城市，晃眼就數年。沒了家裡的照管，自由了許多。但我觀望了一陣，身邊的女孩紛紛畫了妝、染了髮，在身上穿了耳朵、舌頭以至於肚臍的洞，我才確定僅想穿兩個耳洞的我並非異類。老一輩的人會這麼說，「穿了耳洞，下輩子也是女兒身。」這句話明顯地對女性有早先時代的蔑意，但我才不在乎再當女生。我喜歡極了當女生。女孩們才能擁有百貨公司的每個樓層，才能有每一季都窮中求變的新花樣，也才能在耳上掛那一大串的玲玲瓏瓏，閃閃發光。

於是那個鏡前踮腳旋轉的小女孩又回來了。終於在步入醫院當實習醫師前的夏天，我鼓足勇氣，備齊網路資料，到眾人推薦的診所去穿耳洞。

在皮膚科診所穿耳洞要自費五百元。但那無所謂，我只求穿的過程別太血腥折磨。其實也不是不能在自己的醫院裡進行這項愛美工程，班上的一個女生，她的耳洞便是學姊替她穿的，走整型外科的學姊某日提起這事，同學躍躍欲試馬上一口答應。她倆就揀假日在辦公室完成穿耳禮，學姊先把她的兩副耳垂彈到發麻減輕疼痛，接著消毒，用無菌的粗針頭琢磨著鑽過她的耳肉，接著置入小小的塑膠管撐開固定。我沒有親眼目睹，聽到同學興高采烈的轉述，我的腦中卻浮出電影《天生一對》裡，一人分飾兩胞胎的琳賽蘿涵，在夏令營中為雙胞胎姊妹手工穿耳的殘忍畫面，還有那繚繞不去的尖叫聲。或者，那真可以像《盛夏光年》中，白日裡從花蓮逃至臺北的正行突然想穿耳那樣，不用心理建設不用忐忑、在某個攤位便徒手刺穿耳垂那般地輕易嗎？電影裡或街邊的這種小攤總充滿青春逃亡的氣息，不過說實話，我從未考慮把雙耳交給標榜「代客穿洞」的飾品鋪子，原因是消毒可能不甚徹底。有學妹在這樣的地方穿耳，後來染上C型肝炎，若無治療，從此只能帶原一輩子，且要憂心肝硬化肝癌的危險。

所以這家眾人推崇、以耳槍及無菌耳針瞬間穿洞（這不該是基本配備？）的診所雀屏中選。那日下午，老經驗的醫師用筆在我的兩朵耳垂上標記穿入點，垂直和橫向的座標皆參照耳輪的相對位置畫出，審慎如注記兩個一模一樣的星座。「……以免穿完發現兩邊不對稱，或戴耳環一邊斜斜歪去，無法朝向正面，那就不好看了。」他細細端詳著自己的手繪稿，取來藥水消毒。接著我最害怕也最好奇的時刻到來，醫師執一柄穿耳槍，尖端是一人一副的無菌耳針，待會這耳針就要牢牢嵌合我的耳垂之上，得過好久才取下。

我平躺，側頭，看不見醫師動作，內心只能擂鼓。那把槍端抵著我的耳肉，冰冰涼涼，一句提示後，「咻」地耳旁好大一聲，伴隨瞬時分不清麻或劇痛的感覺，穿洞已然完成。離開時，我的耳垂上多了兩枚光芒隱晦流轉的星星，那耳針本身就是金屬鑄的星星模樣。醫師交付我酒精和抗生素藥膏，囑我每天換藥，耳針六個星期不能拆下，如此耳肉裡的那條細細隧道才能成形。

唉。養耳洞確是件麻煩事。再小，它們仍是傷口，從此水氣不能近，得保持乾燥。因而洗完頭臉，第一要務便是把洞口弄乾，用棉花棒滾過耳針與耳垂間窄扁的縫隙，拭淨血水及黏黃的組織液，接著拿吹風機在雙耳邊烘一烘，烤得兩頰乾熱。晚上也不能自如，為讓表皮細胞慢慢蜿蜒長入耳洞裡，睡覺時也得戴著耳針，翻身側睡，針端便戳刺著耳後，睡夢中混合著扎麻的清醒。

等待耳洞長好的漫漫日子裡，我和同學特別愛到各式各樣的耳飾攤遊晃，請老闆一樣樣地拿來放在耳邊比對過過乾癮。女孩的耳環是另一種材質拼貼與細工設計的展演場，穿洞針可以是短直細針或大大彎鉤，或者直接以細鍊整條穿入洞中營造垂墜感；基底可以是簡單的銅、鐵、鎳、鍍金屬，好一點會是銀、K金、白金、玫瑰金、純金，上綴五彩斑爛的水晶滴子、奶白珍珠、碎亮鑽石、古拙青玉，或覆琺瑯彩繪或摻金箔，吊掛木珠、琥珀、玳瑁、珊瑚、獸角、貝殼、羽毛……。

於是洞眼還沒收乾，手邊卻有一堆行頭等著被披掛上陣，煙視媚行眾生。多了兩個洞，從此和其他女孩，不論識與不識，都多了些零星話題。我們討論穿與不穿的優缺點，分享彼此的穿耳經歷和穿耳地，並且互相比較穿洞後的種種不適，以及照顧傷口的麻煩。有時，看似背景人物的男孩們以其諸多母姊親友為例，竟也能在這席談話裡插上一腳：「……我姊以前穿耳洞，洞口也是一直流汁流湯咧。」

不幸，我的耳洞極難養顧。也許是兩隻耳朵易對外來物過敏，初打的耳針還未取下，兩朵耳垂便腫紅得像熟透的花萼，而且搔癢難耐。一抓，過敏更嚴重，耳垂紅得發紫，熱烘烘，像快要爛去的果。很多人都看見我的耳朵，他們以為我怎麼了，我只得用長髮遮羞，免去詢問。向皮膚科老師討教，老師說，對耳針材質敏感的，惰性金屬如金銀較不易引起過敏反應，所以我這是富貴命，也許要K金純金或白金純銀才能治好這過敏；但至不易引起過敏的，反而是最最便宜的矽膠。

我因是先狠下心買一副K金耳環，耳垂紅腫卻不消反惡，透黃的組織液流得滿耳，凝結於耳端一如迷你鐘乳石，於是我放棄。矽膠耳環夜市裡處處有賣，價錢好幾副百元有找，適合喜歡常換款式的女孩。我聽從老師建議，去夜市裡簡單挑了幾副矽膠材質的耳針，當作養耳洞的替代品。因為便宜，所以輪流替換一點也不傷心。

沒想到轉站到了急診，我耳朵的劫厄才開始。或許是急診處人來人往，環境複雜，行事又得飛快，雙手時常匆匆沾染諸多病菌，我的一側耳洞因而開始蓄起膿瘍，帶有血絲。時值大熱天，被皮膚科老師唸了一頓，她說夏天穿耳洞本就不鼓勵，要穿也得等冬天才不易被汗水細菌汙染吧。吃了幾天抗生素，眼看感染壓不下來，擠壓仍有黃稠膿液，我心裡有底，怕它一路蔓延成軟骨炎，只得回到原先的診所，老醫師捏了捏耳垂，轉轉耳針，說，唔，這得拔掉了呢。

於是我又失望又惆悵。歷經數週，好不容易有了個模樣的耳內隧道轉眼就這樣被堵上了。揣一包抗生素回去再吃三天，感染處沒了異物，好得很快。只是我極不甘，何以那麼多人穿耳洞，就獨獨我要易於過敏又感染呢？

想起小時候常看的畫報，有個漫畫版面常常介紹世界各地的奇人異事，某期就談到了一個非洲民族，其人皆以大耳洞為美，終其一生不斷於耳垂上加掛物品，以期已經夠長、快要被耷拉斷的耳垂可以再長一些，耳洞再大一些。後來查證一番，那說的是東非的馬賽族，一支身形頎長、膚色灰黑，在草原上游牧的慓悍種族。據說他們的穿耳禮形同成年禮，是用粗針戳刺耳珠成洞，而針以火烤消毒。崇拜大耳洞的民族世上並不獨有，泰北的長耳村（Lekad Kiday）同樣地也以被撐成甜甜圈樣的耳洞為經典之美，不只耳肉上巍巍吊掛著各種材質款式繁複的耳飾，耳朵其他地方也鑽入牙骨之類的物品。資料上沒提這些民族穿耳的成功率有多高，但我猜想，那樣原始的儀禮理應不會有太現代化的消毒清潔手法罷，難道不會有族人天生體質對那些銅啊骨石等的材料敏感，以致耳洞傷口一直無法好好癒合？或者，難道沒有族人因為這侵入性傷口的原因感染而死去？還是他們都有不為人知的療傷方式，有自然母土提供的神祕藥草，其成分類同今日抗生素，只消嚼一嚼塗抹患處，傷口就能順利痊癒？又其實，這些過敏、感染或死亡都發生了，只因為我們仍舊是站在切線邊緣的觀看者，只看到了稀少文化中的特殊景觀，所以我們獵奇，卻把背後的細節棄之不理、略去不看？

原民穿耳珠大動干戈又有感染之虞，不穿似乎也可以。我們老祖先，有玉玦這樣飾品，就不需在耳上鑿洞。玦是扁平環狀的玉器，像銅板缺了細細的一罅，表面有紋飾雕刻，當時它在古墓裡被發現，位於頭骨兩側雙耳處，因此確立它的耳環用途。有人認為玦是夾式的，咬住耳垂即可，卻也有人認為配戴玉玦得穿上極大的耳洞。久遠年代裡，還有另一種耳飾，僅僅以絲線穿過，套進耳根而已，這看來是最無侵略性的戴法，卻得時時戒慎，怕一不小心就將它甩落不見。由此，被此種身外小物牽著耳朵走，耳飾果然發揮了提點儀態的作用。穿耳的耳環也有，「珥，貫耳也。」貫耳指的就是穿耳之意，因是含耳針需耳洞才能配戴的耳飾稱作珥，或珥璫。

耳針的好處是可以承受較大重量，藉由細針埋入耳肉固定，能撐得起較重的玉石，又不會一閃神就飛墜不見蹤影。然壞處也在於此。早有聽聞民國初年那些貴婦人的慘痛軼事：大路上站著流氓盜匪，等貴婦的包車經過，一伸手就把名貴的珠寶耳飾連同耳垂肉一起撕扯下來。我想像仕女們飽受驚嚇地捂著血淋淋的半邊耳，那想必是很痛的吧！類似不幸差點降臨我身上，彼時我哄抱著別人的男嬰，舞動著四肢的嬰兒猛地用極有力的小肥手拽住了我一邊吊掛的耳環，緊緊攢在手裡。在他開始揮舉手臂前，眾人忙不迭制住他的胳臂，掰開他的手掌，解放了我的耳朵。好險，否則那撕裂痛就要切身、且清晰地在我的時代重現了吶。

結果，我終究抵不住皮相美的誘惑，隔年春天又興匆匆奔赴診所，把耳洞重穿了一次。這次沒有感染只有過敏，我撐持了兩年，雙耳的細洞略具雛形，卻不斷在接近密合與反覆戳穿間掙扎，它們始終沒有長好。我想這是體質使然，強求不來。無法收乾的傷口會讓我想到癌，為了避免重複開啟傷口引發局部病變，某日早上起來，我突然頓悟，取下仍沾帶微微血跡和組織液的耳環，任它們自己長去。它們也還真不爭氣，沒幾日，曾經的洞口就長密了，彷彿這兩年來的努力從沒有留下什麼，只剩下微微萎縮凹陷的疤，像光芒散盡的星星黯去的點點遺跡。

回到彼刻那個夏日的急診室裡。紮起馬尾做事，發炎紅腫的兩朵耳垂便盡曝他人眼底。急診部的老師看見，知道我為愛美折騰，又怕我再不拔去耳環，感染就會一發不可收拾。他好心勸說，一邊對我眨眼，「要是感染爬到深層組織，變成軟骨炎，耳殼整型可是很困難的呢。」我知道我知道，所以後來痛下決心拔掉，畢竟我只想求得微薄的美好，並不想變成如梵谷般的無耳人。癒合的耳洞紀念了我曾經的刻骨銘心。有些事終究不要深刻，輕輕淡淡，膚淺，就好。

留聲

容我，引用一則新聞來說明聲音吧。

一位母親，因為思念車禍猝逝的女兒，每日都會撥通手機、聽取女兒的語音留言。某天，她驚惶地發現那語音檔不知何故消失了，情急之下，她向電信公司求助。貼心的電信工程人員除了救回聲檔，還額外錄製了一張光碟，讓女兒的聲音可以在人間長存。

那便是我們的眷戀與著迷。聲音啊，這倏忽即逝、纖細微妙的情感載體。

據信，從上上個世紀末開始，人們能夠留得住聲音。雖則那起初必定被視為一種妄想，就像試圖要留住手裡的月光、沙灘上的海浪；然而一八七七年，人類的第一座滾筒留聲機正式出現。彼時，美國發明家愛迪生（Edison）以聲波轉換成金屬針的振動，在錫箔唱筒上錄下「瑪莉有一隻小羊」（Mary Had a Little Lamb），八秒鐘的唱辭，是史上首次聲音紀錄的見證。

之後，一如所有發明物的演進與改良，德國人伯利納（Berliner）將滾筒式的設計改為平面旋轉機臺，而紀錄卡變成了圓形——從此，它延伸進入我們的記憶與概念，成為唱片的原型，不論是大大的黑膠，或者更後來的影音光碟。當人類再度提起上個世紀中期的美好，不約而同，我們或會如此聯想：被擱在黑膠唱片上的唱針臂，針尖嵌入唱片溝紋，圓盤轉動，沙沙的音質在空氣中流洩。唉，就別管那些雜音了吧，人們追想的，無非是一個時代的旖旎與風情啊。

磁帶，則是更後來的事了。我的八〇年代，唱盤沒落，卡帶盛行，聲音訊號被寫於長長的褐色磁帶上，旋進長方型小匣，要播放時，則將它置入錄放音機，咔噠按下play鍵。卡帶分有A面與B面，那時小小的我常伏在機器旁，看著轉放中的卡帶而興味盎然：為什麼帶子翻過來倒放、還能有不同聲音出現？那道理我怎樣也想不透。為追根究柢，我從卡匣裡大把大把扯出磁帶，捲不回的褐色長條遂成團攤在地上，彷彿卡帶的腸胃流淌，歷經開膛剖腹一般。那幾年裡，操作相對簡單的錄放音機取代龐大唱機，成了家戶必備品。母親則把我交託給錄音機及故事卡匣，無人在家的時刻，我反覆放著「嫦娥奔月」、「牛郎織女」的錄音帶，直到我能一字不漏地照本講述、直到磁帶俱被唱頭磨損。

升上國中，「唱片」再度回返。這次，是圓盤狀、面積縮小、通體銀亮覆有透明膠膜的碟片，人們如此稱呼它，CD（Compact Disc）。我還記得初次見到光碟唱片的場景：家電賣場中，店員將音響的頂蓋打開，擎出一張圓形CD，他尚且細細用布擦拭圓盤底部，如大宅管家般地殷殷告誡我不可印上指紋，以免雷射唱頭讀不出音訊。我看得目瞪口呆，哇，那真是好脆弱又好珍貴的CD唱片哪。

九〇年代是CD與卡帶鼎立的時代。過渡時期，幾乎所有的音樂產品都要推出卡帶與光碟兩種版本，並排陳列。但人們都看得出來，容量更大、能夠保存更久的CD即將打敗磁帶，前往下一個世紀。為了喜歡的歌曲，我們開始狠下心不買較便宜的卡帶，而將省來的錢心痛地砸在ＣＤ上。學長們在校園裡互相交換著ＣＤ唱片，品評張學友及恰克與飛鳥的作品，彷彿那是種成人式的情誼。接下來，原先時髦的卡帶walkman，被更炫的ＣＤ隨身聽取代。升高三的暑假，我偷偷拿出攢積了許久的零用錢，瞞著父母買下一臺黑色的、流線體態有如魟魚的ＣＤ隨身聽，如今看來略嫌厚重的機身，在當時已屬精巧設計。我把它藏在書包裡、或塞進抽屜，只從縫隙中拉出兩條耳機線，以頭髮掩護，讓流洩而出的躁動音樂陪我度過世紀末的聯考苦悶。

爾後，那臺ＣＤ隨身聽跨越了千禧年，與我一起來到大學初期。我帶著它搭車、旅行，坐在海灘上望著逐漸沉落的橘金夕陽，把一隻耳機遞向對方。再沒幾年，比指甲片大不了多少的iPod竟就出現了，無人再背著ＣＤ隨身聽四處遊走，大家紛紛將iPod夾上衣領和褲袋，慢跑、逛街；而網路上的音樂資料庫開始召募會員，宣告數位時代的來臨。那像場革命，徹底改變了我們的閱聽習慣，人們只要繳交相當於幾張ＣＤ價格的年費，便可以隨時登入、無限制地播放音樂、試聽最新作品，我們不必再像過去那般，小心翼翼地比較樂評後才決定下手了——大量的音樂資訊從網路湧入，將如星雲爆炸，充騰我們的房間。

然而，即便科技已使人如此幸福，我有時仍懷念起那段時光，那站在唱片行CD試聽架前，頭戴大大耳機，好奇地聽過一首首曲目的時光。為了確保買回來的唱片不是地雷，我們何其謹慎地購買每張專輯，以致於每張唱片都是珍貴的寶貝，它們都在唱機裡反覆旋轉了那麼多遍，因是我能背出歌曲裡每段埋伏的音符與細節。彼時，我多麼羨慕號稱擁有數千至上萬張唱片收藏的音樂人，他們要怎麼消化整屋整壁的光碟？每天聽個幾張，抑或成日不間斷地播放？他們只挑重點來回聆聽，還是也熟絡每張唱片的紋理呢？

回到人類歷史上，有張唱片赫赫有名，模樣為世人所熟知——那是由無人探測太空船航海家一號（Voyager 1）所攜帶、於一九七七年發射進入太空的一張銅質唱片，直徑約十二英寸，表面鍍金，封面鐫有圖像式的訊息。在那張唱片裡，灌錄了地球上五十五種語言，不同的音調，它們要說的都是，「地球的孩子向你們問好。」除此之外，裡頭還有約九十分鐘的各國音樂集錦、地球的自然界聲響，以及各類圖片。

那或許是一種在孤獨的宇宙中、渴望被發現和理解的心情吧。脫離地球表面迄今，航海家一號仍帶著唱片，繼續往太陽系的邊緣前進。在太空中漂流了三十餘年，也許那張唱片仍然完好如初，寂寞地尚未被任何物種開啟。只不過如今看來已過時的讀取方式，會不會讓智慧生物像拿到一張古董，苦惱著不知從何下手？而他們會不會用更高明的方式，對遙遠的星球做出回應呢？

無論如何，如果有人遇見它，請把它攔下來聽一聽，我們從前留下的聲音。在那無邊、無垠的黑暗裡。

節氣之必要

便利商店的冷藏櫃裡，梨子口味的時令水果啤酒上市了。我喜歡每隔一陣去探看架上的這些啤酒，它們從日本飄洋而來，隨著四季盛產的果物不定期推陳出新。那一年裡，我一路從暑夏的熱帶鳳梨、蜜桃、秋日的青梅、水梨喝下來，過了個寒峻新年又遇上草莓和柑橘香檸。每當不經意中架上全替換成另一種新味，總要興奮半天，因為時間有限，這些當令都是限量的，要再有就得等明年。一邊又還期待著，下一回，下一回是什麼呢？它們就像小小的報訊使者，輪流挨擠在玻璃門後一隅，告訴你外頭的季候。

這樣的「旬味」重要而美好。到京都去的初春，正逢櫻花滿開，以櫻葉櫻瓣為主的生八橋「期間限定」上市了。上賀茂的茄子有了，切成細長條狀經醬汁燜煮，在吉田山上的茂庵裡被端上桌饗客。我羨慕著京都人的生活過法，有河、有花、有四季的更迭，再熱一些，納涼床就要拿出來了，屆時，鴨川旁會有許多啤酒杯的鏗鏘撞擊和半醉喧嘩吧。

回到我的城市，時間的序列馬上回歸單調的值班表和門診表。不是古都不浪漫，而是平日的生活太規律，規律到足以忘記光影或時序的推移。醫院對面的兩幢宿舍大樓，整齊如龐大錯綜的蜂巢，我們各自蝸居其中一格，定時背離巢穴而出。輪值的人員分為二或三班，每八至十二小時重新計算一次主觀上明與暗的循環。無論夏日或冬夜，宿舍至醫院間的人行道上，漁汛般有人隨著上下工的時刻疾疾往返行走。因此巨大巢體裡，不分晝夜，人們輪番醒來或睡去；有人夜半細聲躡行，捻開無聲電視，微波冷去飯菜；通室明亮的地下室裡，成排滾筒洗衣機無眠轟然運轉。

輪值的曆法裡，日子被一分為二，白與黑，陰與陽，有陣子我總是守護陰柔的那一段。值守急診內科期間，晚上八點前得抵達急診區，匆匆換上寶藍色值班服準備上場交班。徒步前來醫院途中，我與大批人潮逆向錯身而過，下班放鬆與愉悅的氣息漫漶傍晚的路口，因此恍然間彷彿時光錯置一般——我不是要去上班，而是趕赴一個初初要開始、至明晨八點才要結束的夢境；其實，我也才剛從自己的夢境裡醒來，刷牙、洗臉，迎接時差調整過的清醒。工作站的日光燈明晃精白，被照得過分精確的器物輪廓顯得那樣虛浮而魔幻。周遭皆靜去的深夜裡，病患一個接一個睡去，我掀開簾幕，在那安靜得只有儀器聲及鼾聲的凌晨，巡視的腳步彷彿是在別人的夢裡僭行。

時常就在這樣的節奏裡，我錯過了全城的熱鬧。還記得南來此城，每年端午，大街小巷裡尋粽的炎熱午後。臺南是小吃勝地，素有名粽數處，如舊城區的再發號、南師附近的楊哥楊嫂，和長榮路上的品香肉粽。料想要買得一顆應景粽應非難事，然而每年卻都在匆匆忙碌間，一下子被追趕到端午那日面對無粽可吃的困窘。粽子早被全國各地的民眾預訂光了，人家都成串成箱地來取，哪裡有多的一兩顆可以施捨予你。於是那畫面也成了一個每年懺悔的經典情景：炙悶暑夏裡，我騎著腳踏車在城市的巷弄裡東旋西繞，卻找不到任何一處可以分我一些端午氣味。最後只能到超商裡，聊以一顆微波冷凍肉粽應付安慰。

類似景況發生在舊曆年間。一年一度的大節日，雖然縮減了床數，醫院仍需人輪值年假班。安排年假人力是件大事，人手一分為二，一半放年前，一半放年後。前後的交換點切在大年初一，為的是讓除夕下班的人們可以趕回家吃頓年夜飯，而大年初一要上工的同事則可以提早圍爐後再趕來。撐持了連續八天的年前班，除夕那日傍晚，出得醫院透氣，頭一件事便是搜索是否還有未打烊的店家。蕭冷空氣裡，家家戶戶都收得早，人們紛紛回家或出城，六七點鐘便全城暗下，不留些許餘光在街上，彷彿深夜。這種時候仍在街上逗留的零星之人都如我，大概有某些暫時回不得家的理由。那日回憶寒氣逼人，冷清得連最後以什麼果腹都忘記；彷彿年節與人們都跳過了我，自顧自地往前去，而我沒有趕上這一切。那樣的失落，就像是張愛玲想起童年，錯失了放鞭炮的喧嘩卻只見一地花紙的悵然。

今年三四月間，坐在店家的二樓，透過窗，清淡明亮的日光裡飄來幾朵褐色絮，它們慢速飛行的軌跡正是無形氣流的上升或迴降。它們在路口上方飛舞，緩緩穿越紅燈下方、墜落到來往的車陣裡。最近城市裡的風飄絮是什麼？好奇的眾人紛紛探問，我和眾人一樣好奇。「那是木棉哪。」病人在診間，用濃重的鼻音回答我。年輕男孩，素有過敏性鼻炎，這體質讓他對空氣中的過客特別敏感。惱人的疾患，卻意外變成一項天賦，讓男孩被納入天時循環，感知所有正在發生的。雖然，我曉得這對男孩蓄滿鼻水嚴重堵塞的鼻腔而言，一點也不浪漫。

立秋。處暑。白露。秋分。這些都是美好的名字。印度的古老醫學阿育吠陀說，在適當的時候做該做的事，順應天理，不要逆勢而為。我們的老祖宗立下節氣，提醒我們生活的節奏總要契合自然律，像莊稼人看天吃飯，或如古時帝后在殿中擺放當令瓜果，讓熟成的香氣自然充盈。而我生活中沒有黃曆，偶然走出四季溫度單調如一的宿舍，我知道，五月殷切盼望的梅雨季就要來臨。新聞播報，今年的梅雨季節將比往年氣溫要高，且雨量減少。

「但還是要小心豪雨帶來的災情喔。」氣象先生這麼說著。

靜靜的生活

1

母親自遠方的盆地城市打來。微小的發話源，深夜裡閃爍如芒，在北南沿線幽明的燈火之外。她告訴我，這一次，「醫師說你阿嬤肚子裡的瘤比上次還大。」五十幾歲的母親，聲音在話筒裡聽來哀沉沮喪。意思是，這七八個月以來，母親與父親他們二人盡全力所做的一切，都白費了。

那些都是我不在場未能見證的時光。自從患病，阿嬤即縮身在我離去不用的床上。在我前往島嶼南方讀書後便荒置的公寓房間裡，阿嬤從南方小庄被火車接引、被父親馱來，就此棲身，開始她七八個月來未曾間斷的治療。

但那不只是一場病。惡意疾病自阿嬤的軀體爬出，悄悄地佔據了母與父居住的小公寓，數月間如藤蔓般爬過並雜生於矮櫃、餐桌、地板、書房。我偶然回返，屋裡，堆棧式地放滿阿嬤所需的濕紙巾、尿布、營養品、酒精棉、空針頭。沒有餘裕的桌面，擠著幾只空碗。阿嬤因瘦去而鬆脫的假牙被擱進其中一只。

他們向我細數一晚作息。母親值班完返家，整理，洗衣，煮食，將飯菜吹涼，期間多次要去詢問阿嬤是否有尿意或便意。若有，矮瘦的母親便雙手撐扶著更加虛弱的阿嬤腋下，以倒退如舞步相應的方式，領阿嬤至浴室如廁。上完，要以乾淨衛生紙及濕紙巾拭淨阿嬤陰部。

夜裡更如同值班。需睡在阿嬤附近，要能聽見夜中阿嬤微聲叫喚。母或父，早已預先調好鬧鐘，每兩小時即醒來一次，因此那些夜裡，他們都未能成眠；像夜間守崗的哨兵一般，他們得一次次巡視阿嬤淤漲的膀胱。等天光亮起，哨兵下崗，準備出門上班，換下班後的另一人繼續回家值勤。

2

父親的生活節律漸漸地往前挪移。彷彿把自己的作息自人群齒輪中作些微的剝動抽離般，他晚上八九點便極睏倦，睡至凌晨三四點，起床摸黑至對面高中的操場上跑步。或者，沿著整座學校的邊境繞數十圈，機械式地行走。他說，「如果不這樣，我就快要崩潰了。」我想像，一堵堅強土牆踉蹌在跑道上移動，一堵土牆快要崩潰。父親即將散落一地，如果無人將他好好扶住拾起。

回臺北二三日之間，父親與我獨處，彷彿數月以來心中積累的苦有人可以告訴。他揀選無人在旁的時刻，小孩告狀一般，「為什麼你媽媽其他的兄弟們都不來照顧？為什麼我們夫妻倆要扛下一切？」「某某，自你阿嬤生病後到現在，只來探望過三次，每次都只待了一下就走了。」「我把你阿嬤背上背下的，叫你媽媽的兄弟來背，他竟說他做不到。」

阿嬤病後，父親與母親為了兼顧各自的工作與照護，有半年以上的時間，像似同一個吊輪旁的兩只水桶不住地上下，交替往返公司與醫院，交替支用消耗自己的休假，並且總是輪流獨自回到家裡，沐浴，看電視，沙發上睡去，過著靜靜的生活。

「我真的很累……」我一旁默不作聲觀看父親，他的確正漸漸老去，並且那些疲乏和鬆弛感已在他身上慢慢地留下痕跡。他撐腰仰頭喝水，因為很熱的緣故。我心疼父親，因此暗地裡，衷心地希望這一切可以早點結束。再怎麼慘烈的戰事，時間拖久了，就變成了消耗戰。我擔心那些因為病況反覆好轉又惡化而延長的日子。它們像似蜿蜒於夜裡的環形跑道，怎麼跑也跑不到盡頭。

3

父親最好的朋友死去兩年餘。中壯年的伯伯，海派豪氣，某日倏地中風。勉力開腦清血塊，沒幾日腦水腫離去。父親和母親去送他，兩人哭著打電話告訴。我想起某次值班時接過的病人：七十歲阿伯，因泌尿道感染來住院。頭先那兩日，我看他還能拄著助行器在走廊上緩慢散步。某天清晨，他便沒有再醒，是左半腦大片流域的中風。子女全從外縣市趕來，叢聚在走廊盡頭，佇立，踱步，細語，打手機，茫然不知所措。沒半日，腦幹反射逐漸消失，向家屬告知不良預後，病人老妻子被孩子們攙著，紅眼哭泣。不多久，插管，送加護病房，孩子們簽下不急救同意書。

他前一日還可談笑行走，他不知道那夜是他最後一次有所知的睡眠。這一切突如其來，卻沒有因果，沒有罪責或是非。那只是人世無常。

父親的好友走後，無人週末再來帶父母一起出去小旅行，他倆再度靜坐家裡，彷彿失去外出的理由。

最後一次見那伯伯，是週末飯局，他開車樓下接。我骨碌鑽進後座，他眼笑嘴笑，從後照鏡看我，開懷招呼，「嗨，大小姐。」

4

夏天裡，回臺北參加同學的告別式。我們沉默地皆穿黑色。悼亡之色。距離十八歲不過十年，我們中有兩人已各自離去。

想起秦，她在大一時發現罹患腦瘤，歷經手術與反覆治療，最後被父母移回家且卸下了所有管路。班上同學及老師冬日裡上山送行，那時我在島嶼南方準備隔日的期末考，沒去送她。曾在高二那年與我非常要好的廖，醫學系畢業的隔年盛夏，和男友在東部山谷裡溯溪，回程時跌落河裡。我在新聞照片中看見她濕去的頭髮和軀體。

廖的告別式近尾聲，寫給她的卡片上，我在開頭寫下：「你記得……」然後我便哭了。想起生命中最狂暴離亂的年歲。制服被風漲飽，我們剛想要拿回自己的主權。課業壓力和自由意志互相拉扯，最後我們最大的妄行，是全班體育課後，朗朗藍天下，趴在操場上，寫下罷免導師的連署書，因為那老師欺負班上的同學。

青春既美好又殘忍。當年我們都需要一點革命。十八歲的我也想推翻父母、為自己的自由革命。高三的生活充滿上課、補習、讀書、叫罵。母與父堅持我要念醫學系，「不讀，不讓你念大學。」我為這句話流下眼淚。我站在面對盆地的窗前，忿忿想著：我一定要考上大學，然後我就要到另一個城市去了，我要永遠地離開。

5

那個我曾想推翻、高二時，曾因細故抄起擀麵棍在廚房裡打我的強悍母親，身形在我無意間逐年矮去，此刻她被時光擠壓，人縮得瘦乾，無助地以雙手拭淚支頭，陷落在對面的座位裡。我才發現，母親並非一開始便如此，原來我曾見過三十歲左右正值青春的她，也見過四十餘歲強壯的她。

母親因為沒能及早發現阿嬤的病而不斷自責。她全心全意要搶救阿嬤。因此她從未放棄任何一次化療，即便阿嬤因那些藥劑的毒性而萎弱、嘔吐，即便阿嬤從此再無機會脫離往返醫院與家中病床的軌道。

阿嬤的淋巴癌，在腹內形成大大小小的淋巴結腫，壓住她的下肢靜脈，且擴散侵穿了她的胃壁。父親事後向我回憶起阿嬤某日在家中吐血送急診的景況——那在醫院已目睹了許多次，絲毫未能使我慌亂的大出血，為何在阿嬤身上聽來如此驚心動魄？——父親說，那日傍晚他們攙起阿嬤正要替換尿布時，驀地發現尿布裡沉沉一攤黑色稀泥般的糞水。昏沉的阿嬤呻吟，說她想吐，接著，「你阿嬤的鼻子和嘴巴就湧出鮮血來……前後兩次，好可怕……」父親這麼說時，餘悸仍在，可以想見當時驚駭。救護車來，他們迅速用染血的棉被和被單裹著阿嬤，包運上車。之後，母與父把沾有阿嬤血漬的棉被及被單盡皆丟棄。

到此為止吧。我和父親私下這麼認為。母親斥我無情，她說她還要再讓阿嬤做化療，主治醫師說還有藥可以試試看，她怎麼可以沒有讓阿嬤試過就舉手投降？暮色裡，陰雨垂滴在阿嬤病床旁的窗臺。阿嬤在點滴的滴漏中靜靜睡去，我想告訴母親，我們放棄吧。沒有治療再可以讓阿嬤回復了。阿嬤的醫師告訴我，這些藥物是打來讓母親心安的，就像在我的醫院裡，我們用同樣的方法安慰永不棄守的家屬。母親仍然追逐著腫瘤指數，為了它往下一點點的好轉而欣喜。我說，那不是在治療阿嬤，是在治療你。

她逗弄阿嬤，像哄騙嬰孩。母親向我說，趁阿嬤還清楚，把「他」帶來給阿嬤看看，讓她高興高興。阿嬤精神好時，興高采烈，她說，「足好，阮的查某孫做醫生。」也問，「把你的朋友帶來給阿嬤看咁好？」

我遲遲沒有答應，因為我知道人世充滿變數，而承諾不易。母親曾經許諾阿嬤這一生要帶她一回出國旅行。我們勉力把阿嬤抱上輪椅，讓她垂軟的頭頸可以面對仍有天光的中庭。那是安靜而燥熱的暑夏，老醫院的中庭下著無聲的雨。

6

夢見父親突然倒地。他悶不吭聲從階梯上仰倒，後腦直直撞地。這畫面來得無聲而驚心。我在一旁出自本能地大叫，爸爸，一面衝向他；我的叫聲急切，焦慮，像被撕裂，像回到兒時叫喚父親一般不顧一切。

夢見母親中風。生活中只剩父親與我相依為命。只有我，與父親。失去意識的母親躺在床上再也沒有醒，她把我們兩人遺落在每日不斷行進的生活裡，獨自停留在靜止之中。我們如常生活，當只剩下我們時，我們便盡力維持不去提及母親，避免所有可能牽動心酸的話語。我們談笑得非常收斂，行走坐臥都淡而輕。因為若不如此，稍微張揚的動作就會撕開傷口的縫隙。當悲傷從防備的漏隙中蹦出，我們誰也不曉得，要如何收拾被洪流沖毀崩潰的心神碎片。

7

他動用了一些夜晚的時光。在我熟睡時刻，從過去數以千計的照片中細細挑出百來張重要場景，加以沖洗，放大，分類。他且把電腦中所有的影像都做了備份，他的硬碟一份，我的硬碟一份，洗出照片各人持有一份，光碟再各拷一份。縝密的作法、珍惜的態度，反而更加透出不安氣息。彷彿那是一種緬懷，一種告別。

夏日正巔，莫拉克颱風在海外等待盤旋。醫院裡，一批人正要離去，一批人剛要進來。數年的訓練期滿，醫師們紛紛打包，另覓去路。那些日子，流傳的耳語不外乎誰去某家醫院、誰往外縣市移動。許多人向我打聽他的去向，在電梯裡，病房中，或走廊上。他們試著探問行蹤，禮貌而客套。有些人真的關心，有些人只是因為困在電梯的狹隘方格裡，沒有話題。

那些問題不易回答。我笑得拘謹，難以明確告訴他們，為什麼我仍在這裡生活，而他留下我前往另一座城市。不死心的人會打破沉默繼續追問：難道你們沒有未來的計畫？彷彿關心一齣連續劇結局一樣地理直氣壯。我的靜默說，這些答案其實不用對你們說明。只有我知道，在這個夏日的某一天，那人即將搬運他整個房間的行李，開著他灰色的車子，駛上灰色的公路。

颱風就要來了。而他即將離開。

離別誌

我丟失了一本小書。藍色塑膠皮包覆，口袋大小，封面英文標誌著「麻州內科學手冊」。這本小冊陪伴了我五年，並不屬於閱讀性質，而是有需要時掏來急救翻用。幾年來，它的內頁已經被翻得溫潤膨脹，紙緣起了細細絨邊，紙面含有手澤，如厚厚的一疊舊鈔，有令人安心的微暖濕度。

收假回來，它就不見了。原來應該放在急診區的一個架子上，取走它的人沒有歸還。我看著那個書垛的缺口，彎身尋找，架子前後目光逡巡了一回，蹲下來歪著頭，在滿是塵埃的地面查看它的蹤跡；裡裡外外皆翻遍，還是找不著。最後，我在牆壁貼上了協尋啟事。

那日上班，因為這本失蹤的小書，總是心神不寧，而且有一種悵悵的失落。我想念它，並非在意重新買一本最新版的額外花費，而是因為那上面有許多不同時刻草草寫就的筆記：一些正式的原文書裡不一定會提到的小技巧，前輩們積累的經驗值，和一些無關緊要的注意事項；還因為我熟悉它的頁碼，不致迷路，可以馬上找到我要去的地方。

於是就這樣和它分別，向一段醫學生至住院醫師生涯的微小見證說再見。不只書，想起那些一路上逐漸丟失的物事，有些甚且更微渺：一支筆，一個水壺，一把雨傘。它們會在失落的當下被惋惜，也許幾分鐘後就被忘記。因而母親常說，「要回頭望一下啊，」起身，或是下車，轉過頭去看看遺落了什麼東西。童年好友性格迷糊，隨身物品沿路失蹤，她母親罵她出國一趟回來只差人沒丟掉。我被唸怕了，真的就養成了那樣的習慣，看著一路長大的自己，彷彿眼前看見一個小女孩起身離座，一次又一次地回頭、再回頭。

有時它則如此龐然。

離開臺北的屋子前，話語中，母親開啟衣櫃，出示那些她預先為阿嬤準備著的衣服——一頂紫色的絨毛圓帽，被收摺好的一件粉紅色條紋襯衫，和一條棉褲。我想像阿嬤最終穿上這幾件衣服的模樣，她即將戴著那頂紫色的帽子，孤身一人，閉目躺在床上。

我們行駛在秋天的街市中，晨起蒼白的天光，透穿進計程車窗。母親送我搭車離城，沉默中，母親遞來一張紙，我從頭讀完，一份還未簽署、欄線空白的同意書。

母親終於放棄了。或者，她終於準備好，願意不再嘗試任何阻攔地、讓阿嬤靜靜離去。曾經，在過去一年多的時日裡，母親用盡她所有的氣力，與父親兩人數十次合力來回移動阿嬤於醫院與家中，化療、靜養、回診、急救。彼時，母與父將生活切割成兩部分，吊桶似地輪流上班、下班後在病床前守望、餵食、清理。在五個孩子中，母親作為唯一的女兒，盡了最大的責任，她將阿嬤照顧得如同嬰孩般乾淨細緻，便溺後拭淨阿嬤的臀部，撲上粉，平日用乳液按摩阿嬤肌肉萎去的細瘦四肢，細聲細氣哄騙阿嬤如什麼事都未曾發生。

事情要翻轉回前一年的夏天。長居鄉間的阿嬤突然沒有因由地消瘦下去，暑氣正熾，她卻漸漸地什麼也吃不下，右腳且如充水的橡皮管般逐日腫起。與阿嬤同住的小舅夫妻先將她帶至小鎮上的診所檢查，未果。接著他們將阿嬤扛抬至火車上，由火車載運阿嬤到臺北來。

阿嬤先被送進急診。母親蒼老疲憊的聲音在清晨敲醒了我的夢境：他們在阿嬤的腹內發現了數個大小不一的腫大淋巴結。之後，住院月餘，釐清切片結果為惡性淋巴癌後，開始化療。

隱隱然有一條線綁縛所有的人。我們無法飛行，不能移動。母與父的作息在接下來的年餘裡，彷如被螺絲拴牢固定，不得鬆開挪移。他們圈繞、圍守在阿嬤的附近，再沒有喘息。阿嬤的病況時好時壞，她的身體機能卻不住衰敗。不知是疾病或治療造成的結果，她的記憶是一片沉默的海洋，任何探問都向下沉沒，偶然浮出水面的只有阿嬤似是而非的回答。

她的雙眼亦逐日晦暗。原先就有的白內障，病中急遽惡化，最後連光源也無法辨明。她無能起身，聽覺是她的最後窗口，所以我們買來ＭＰ3，大量存入阿嬤年代的歌謠，希望舖捲在枕上的兩條細長耳機線還能輸入一些快樂的感知。

我們叫喚她，她顫巍巍將臉部轉往聲音的來處。

夠了——那陣子我與母親常爭吵著——你明知阿嬤腹內的淋巴結與那些惡意的轉移都是不會消除的，不要再做無謂的治療了。何況，阿嬤的住院醫師，我的朋友，曾經私下向我說明：「你阿嬤身體太虛弱，現在的化療劑量已經不足以殺滅癌細胞，卻只能帶來副作用。」我看著孱弱的阿嬤，為了這些註定無法根治她的癌源的多次化療受嘔吐苦、無食慾苦、感染苦。翻過身去，一條經皮穿刺的導尿管從她的脅側伸出，連接床側懸垂的尿袋。而母親說，她怎麼可以還未試過就放棄？這些治療不是為了要根治阿嬤的病，是為了讓阿嬤再多活些時日。我說，阿嬤在床上拖磨，有什麼生活品質？母親斥我無情，她說阿嬤怎會要求所謂的生活品質，她要的是阿嬤再陪伴她一段時光。我說，化療是在治療你，不是在治療阿嬤。

彼時，我變成一只天際低飛掙扎的風箏，雙腳化成棉線，緊緊抓在母親手裡。我在往返臺東的鐵道上，在京都的旅館裡，總接到母親無好聲氣的電話。你在哪裡？你阿嬤都生病了你還有心情出去？這時候有要緊事問你為何老找不到你人？她邊說著，一面與爸七手八腳地以棉被包裹阿嬤準備上救護車送急診。嬤病重，不遠遊。這是母親的指責和要求。我知道母親照顧病人的辛苦，並愧疚於在外地上班的我沒有盡到照護的責任，然同時我也無奈與充滿自私地忿忿著：難道家中有人病倒，所有人便得放棄自我與自由，像行星般不斷地圍繞著同一顆恆星迴轉嗎？母親的限制讓我不平衡。那時節，我擔心著這場看似沒有盡頭的疾病戰爭，就要像行星運轉的軌道一樣，將無止息地往前延展、再延展。

所以，母親終於撤退了。在阿嬤的身體迅速地敗下陣來以後。我指示母親應在哪裡勾選她不要的急救項目，在哪裡簽名。

丟失了書的那日，我由急診下工，隔天傍晚在輪值夜班的週期中醒來。照例打給母親探詢病況，母親卻意外地在話線的另一頭泣不成聲：「你阿嬤叫不醒了。」阿嬤的意識沉沒了。她的呼吸縹緲到難以察覺，氧氣需由面罩一波波壓擠入鼻，氣流吹得她薄薄的嘴唇一掀一歙。母與父迅即決定將阿嬤送回嘉南平原上，位於舊廍里的老家。於是我搭上火車，由臺南向北，彼時救護車載著阿嬤，正在往南的夜間公路上疾馳。我在心裡默數這些時日，迢迢趕赴與阿嬤最後的共同交點。那夜，深重的露水已經降臨平原，風從平原的角落颳捲而來，一蓬蓬地打著我的頭髮。我坐在許久未見的舅媽機車後座，抵逆著風在產業道路上前進。

後來，我們陸續地夢見了阿嬤。她到她大陸媳婦的夢裡，指示要向某人討她生前未結的款項；我則在天亮醒來之際，替阿嬤跑腿買她不見得愛喝的咖啡，也夢見早不能行走的她青腫著臉，走來向我們說她又從床上跌落，我與父親遂緊張地替她纏緊肚腹，怕她腹內的腫瘤破裂出血。連我這個常忘記阿嬤的孫都夢見了，唯獨母親沒有夢。阿嬤去後，母親變得擅長走路。她打來電話，說她又鎮日不停地走，從一個街區走到另一個街區辦事，卻渾然不覺疲累。話筒裡，母親重複講述著她一天的經歷，忘記她昨天說過同樣的話語；她亦變得善感，說幾句話便開始嚶嚶哭泣。阿嬤睡過的床、便盆、面紙、針筒，母親未有搬移，讓房間陳設維持阿嬤前往醫院前的最後模樣。

還是會不捨啊。母親道。

離別因而巨大。那是一個日期，一則名字，一段時光。離開的當下，彼此生命都將斷裂。我們承受那扭曲與斷裂。事後當我們開始回想，那斷代史的切口與起訖，附近所有的物事或象徵都因劇烈的扭轉而變得清晰異常。所以我們一再一再回想，彷彿世界就可以回到原初設定，相遇的起點，交會的剎那。

記起馮內果的小說，那裡世事被攤成了平面的卷軸，紋理可以被透視，因果層次分明。因為看清了事件紛呈的轉變，人物的到來或離去，似乎就能理解某些看似乖違的荒謬，或許，可以拯救我們措手不及的傷悲吧。

所以凡事註定要終結。那些生長中的，等待盛放之後，終究離死亡愈來愈迫近；人們遇合如相切的圓軌，我們朝向彼此吸引、加速，接著擦撞、交會。偕行一段，然後不可避免地預視分離的到來。如同一個男孩說他非常愛我，那時我們已輪迴般經歷了曖昧、興奮、熱烈、憂愁與哀傷，但我看得出，下一刻，他就要走了。

每一樣時間中的物事都在變化。它們無時無刻不在進行細微地、難以覺察的變動。

宇宙亦然。

守過一夜，阿嬤的事結束後，我們就從舊廍的老家向島嶼各處四散，每個人收拾混沌，暫時回到了自己的生活軌道。再回急診上工，是送走阿嬤的當日傍晚。隔了一段疲憊的睡眠，醒來覺得和白日的事彷彿相距久遠。阿嬤沒有驚擾了誰，她在我兩次值班夜的間隙悄悄離去，以致於當我回返工作崗位時，無人知曉我剛剛歷經了一次重大的離別。

身上還有一些情緒的殘餘，我安靜穿行喧鬧如常的急診室，紛雜的人聲和機器運轉聲充騰飽滿了明亮如白晝的空間，似乎什麼也不曾改變。繞行至前兩日我張貼了協尋佈告的牆前，無意間，一抹藍影閃進我的視線，我驚喜地發現那本小書竟回來了。不知那時是誰取走它，或是誰發現了它，在外流徙兩天的手冊，如今安好地插在過去失落它的缺口裡。

曾經離開的又回返來。我看著它，嘴角揚起，感到一陣心安。那樣的踏實沒有過分張狂的興奮，卻像是一個難忘的故人，微微笑著，無恙地向你走來。

（二〇一〇年梁實秋文學獎散文創作類評審獎）

【後記】

讓一切凝止於此——我的告別，與啟程

經過了幾場雷雨，以及春夜裡閃現的電光，臺南，我所在的這座城市，便正式進入典型明亮燠熱的南國氣候。宿舍電梯裡，近日則張貼了佈告，給一群入夏即將離去的人們：「有鑑於每年畢業潮轉入轉出造成混亂，請預先收拾行李，寄放在管理室……」接續應屆實習醫師離院的腳步，七月底，與我同樣訓練年限屆滿的住院醫師，也將打包滿室物品，公路上顛簸，移往他方。

那無非是一則告別啟事。

時至今日，我仍能清楚說出父母與我相偕初來臺南的那一天，他們如何替我整理荒廢了一個暑假的女宿房間，如何在暗夜裡與我道別、然後迴身走向車站；記得開學頭幾天，我與同學茫然又新鮮地在校園裡東奔西闖、比對通識課表與每堂不同的上課地點；也記得第一次解剖、第一次上刀、第一次看門診……。還有還有，彼時每週某個傍晚，我們幾人會窩在尚未翻新的活動中心裡，擠促盤腿，坐在寫作協會不到兩坪大的社辦地上，羞赧而真誠地互相討論著對方的作品；或者，騎著腳踏車在校園裡巡繞，尋找校內文學獎的收稿箱，並無比鄭重地將自己的文稿放入……

想起這些，真是一眼瞬間。十二年的異地求學，足夠讓一個離家的女孩經歷醫學生、實習醫師、以至於住院醫師的階段，成為一位專科醫師了。十年書寫，也足以累積一定的文字質量，並做為個人青春的微小見證。因之，我看待這本文集亦如一則向過往年月告別的啟事：輯一「非關浪漫」，包含大三迄今與醫學相關的書寫，有寫作生涯中初試的散文〈十九號電梯〉，也有成書最末一篇的〈失格夢魘〉；輯二「醫室流光」，則收進於二〇一二年春天承《人間福報》醫藥版所連載的專欄「醫識流」短文。以上兩輯，若依年代及主題細細排列，或可視為我習醫一途的成長史。輯三「靜靜的生活」，則為生活中所見所感，有器物有人事，有喜悲有失落。人生連綿戲，出演者無數，梳理這幾卷文字，似乎也就收束了光陰，成一行囊隨身提攜，無論未來去向何處，它們總能提醒我，這是最初、也是經歷過這些的自己。

一直覺得自己是幸運之人。寫作路上，幸而未遇到太多磨難，也幸而遇見許多溫暖的前輩，他們的慷慨支撐了我，讓我在繁忙的工作與書寫困頓中能有毅力和勇氣繼續前行。感謝悔之大哥、恩仁大哥、順聰，多年來他們給予我信心；亦感謝一群如兄長般的寫作者：鈞堯老師、耀明大哥、銘義大哥、萬康大哥，他們予我珍貴鼓勵；信恩，身為醫學上的工作夥伴以及文字同道，他總不吝同擔甘苦、分享經驗；另外，對始終陪在我身邊做為第一線讀者的父母及朋友們：立偉、景嵐、敏思……人多不及一一致意，我要謝謝他們的真心與呵護。感謝郝譽翔老師及宇文正主編、詩人楊佳嫻及散文家江凌青，將我的作品引薦給讀者；最後要特別感謝聯合文學出版社的工作同仁們：總編聰威、主編珊珊、崇凱、芷琳，封面設計霧室，以及所有為此書付出心力而使它終致付梓的朋友，因為大家，《私房藥》始能完成。

房裡有一橫幅，「從臺南向世界出發」。那是位於臺南的國家臺灣文學館甫成立時印製的海報，畫面以對開的書頁撐開一座海洋，我們的島嶼側躺成鯨身；做為紀念，朋友將它裱框送我。標語的首尾對我而言極貼切，我的獨立生活、醫學生涯、以至於寫作，都是從臺南開始的。雖然未必準備好面對整個世界，但是，我出發了。

吳妮民　寫於臺南
2012／05

聯合文叢 534

私房藥

作　　者／吳妮民
發 行 人／張寶琴
總 編 輯／周昭翡
叢書主編／蕭仁豪
資深編輯／尹蓓芳
資深美編／戴榮芝
業務部總經理／李文吉
行銷企劃／邱懷慧
發行專員／簡聖峰
財 務 部／趙玉瑩　韋秀英
人事行政組／李懷瑩
版權管理／蕭仁豪
法律顧問／理律法律事務所
陳長文律師、蔣大中律師
出 版 者／聯合文學出版社股份有限公司
地　　址／臺北市基隆路一段178號10樓
電　　話／(02)27666759轉5107
傳　　真／(02)27567914
郵撥帳號／17623526 聯合文學出版社股份有限公司
登 記 證／行政院新聞局局版臺業字第6109號
網　　址／http://unitas.udngroup.com.tw
E-mail:unitas@udngroup.com
印 刷 廠／鴻霖印刷傳媒股份有限公司
總 經 銷／聯合發行股份有限公司
地　　址／231新北市新店區寶橋路235巷6弄6號2樓
電　　話／(02)29178022

出版日期／2012年5月　初版
2019年7月2日　初版三刷第一次
定　　價／280元

ISBN 978-957-522-986-3（平裝）

國家圖書館出版品預行編目資料

私房藥 / 吳妮民作. -- 初版.
-- 臺北市 : 聯合文學, 2012.05
256面 ; 14.8×21公分. -- (聯合文叢 ; 534)

ISBN 978-957-522-986-3(平裝)

855 101008134